I0744225

El Casamentero
Libro Siete

La Redención del Marqués

Reglas de Refinamiento

Tarah Scott

Traducido por Santiago Machain
Scarsdale Voices

Este es una novela romántica de Scarsdale Voices y es parte de la serie El Casamentero escrita por Tarah Scott y Sue-Ellen Welfonder.

La Redención del Marqués El Casamentero Libro Siete: Reglas de refinamiento
Copyright © 2023 por Scarsdale Publishing, Ltd
Todos los derechos reservados

Todos los derechos reservados. Ninguna parte de esta publicación puede ser reproducida, almacenada en un sistema de recuperación, o transmitida, en cualquier forma o por cualquier medio, sin el permiso previo por escrito del autor, ni ser difundida de otra manera en cualquier forma de encuadernación o portada distinta a la que se publica y sin que se imponga una condición similar al comprador posterior.

Esta es una obra de ficción. Los nombres, personajes, lugares e incidentes son producto de la imaginación del autor o se utilizan de forma ficticia, y cualquier parecido con personas reales, vivas o muertas, establecimientos comerciales, eventos o locales, es coincidencia.

ISBN: 978-1-953100-47-4

Traductor: Santiago Machain
Editor: Luis Alejandro Ordóñez

Primera edición rústica por Scarsdale Publishing:
10 9 8 7 6 5 4 3 2

Reglas de refinamiento

Los nobles no siempre son honorables... pero un rufián siempre es encantador.

En una estrecha callejuela de la ilustre Charlotte Square de Edimburgo, se alza una casa adosada que no es tan impresionante como las residencias cercanas, pero sigue siendo un lugar de distinción. El patio que da a la calle mantiene un aire de tranquila dignidad, mientras que la privacidad está asegurada por una puerta de hierro forjado. Esta casa es la Escuela para Señoritas de Lady Peddington y es propiedad y está dirigida por Lady Honoria Peddington.

Las chicas que tienen la suerte de asistir a la academia son instruidas en todos los aspectos del comportamiento adecuado, haciendo hincapié en la importancia de una conducta y apariencia agradables, la gracia y los buenos modales, las habilidades que necesita una dama para llevar una casa grande y acomodada y, por supuesto, la necesidad y las ventajas de una reputación intachable. El escándalo, se advierte a las chicas, debe evitarse a toda costa.

La propia reputación de Lady Peddington es la mejor, y todo Edimburgo la considera irreprochable. Es especialmente apreciada por los mercaderes acomodados y la pequeña burguesía que vive en la periferia de la Ciudad Nueva, donde dirige su escuela. Estos clientes aprecian su habilidad para encontrar maridos adinerados para sus hijas. Nadie sospecha que sus conocimientos sobre los hombres provienen de la época en que no era Lady Honoria Peddington, sino simplemente Honey Pedding, que administraba un próspero burdel en Glasgow.

Esas habilidades, aunque secretas, le siguen sirviendo, ya que cuando los famosos bailes de graduación de su escuela no logran conseguir maridos adecuados para algunas de sus chicas más animadas, otros caballeros acuden a la cita, deseosos de aceptar a estas joyas como amantes mimadas. Así que, sea cual sea la inclinación del corazón de una chica, la Escuela de Señoritas de Lady Peddington garantiza la felicidad para todas.

La Redención del Marqués

Capítulo uno

Valan Grey, el sexto conde de Edmonds, marqués de Northington, bebía un sorbo de vino y observaba cómo la belleza de cabello castaño bailaba el vals con el señor Evans, un pavo real en medio de un reluciente corral de gallinas. Evans la había pisado dos veces, pero su sonrisa no había flaqueado. Valan ralentizó su paseo y dedicó una mirada al otro lobo, casi un cachorro, que merodeaba cerca de las puertas abiertas del balcón. Una brisa agitó los mechones rubios peinados del joven. Los jóvenes de hoy en día confiaban demasiado en los abrigos bien confeccionados y en el cabello peinado para intentar captar la atención de una dama. Cualquier hombre de valor comprendía que lo que había debajo del abrigo le importaba mucho más a una dama de buen gusto. Volvió a prestar atención a la belleza. Su compañero se volvió hacia la música. Valan hizo una mueca. El paso de Evans se desviaba medio compás.

Entre los pálidos vestidos de raso, el remolino de la falda de terciopelo esmeralda de la belleza se amoldó a sus firmes nalgas antes de perderse de vista en el mar de bailarines. ¿Había sugerido Lady Peddington el vestido? La belleza destacaba ciertamente entre los recatados tonos pastel que flameaban en la pista de baile. Era mayor que las demás asistentes al Baile de Medianoche. Perfecto. Mañana enviaría una carta de agradecimiento a Honoria por su invitación a la velada. Tenía el don de conocer a la dama adecuada para un caballero.

Por encima de la música y el murmullo de los invitados, un grito femenino fue seguido de una maldición masculina. Valan miró a la izquierda, hacia la pequeña conmoción, pero una cortina medio cerrada ocultaba al hombre y a la mujer en la alcoba. Volvió a mirar hacia la pista de baile. Un borrón en el rabillo del ojo se registró un instante demasiado tarde, y una mujer chocó con él. El vino cayó sobre el borde de su copa y sobre su chaleco de seda marfil perfectamente planchado. Agarró la muñeca de la mujer para detener su caída.

Valan miró el chaleco, ahora arruinado, y luego se encontró con la mirada de la joven.

—Supongo que has aprendido suficiente etiqueta en casa de Lady Peddington para saber que es de mala educación chocar con los invitados. ¿O es esta tu forma de ganarte una presentación?

Los ojos marrones de ella se dirigieron al chaleco manchado de vino y luego volvieron a su cara. El miedo en su mirada se transformó en fastidio.

—No quiero una presentación.

—¿Dónde está esa perra?—Un hombre grande se abalanzó sobre la cortina de la alcoba, cojeando.

Valan lo esquivó hábilmente, arrastrando a la joven con él. El vizconde Hesston tropezó dos pasos, perdiendo por poco a dos damas. Ellas le fruncieron el ceño y se apresuraron a pasar mientras él se giraba.

Se detuvo cuando su mirada se encontró con la de Valan.

—¿Qué diablos haces aquí, Northington? No pensé que lugares de este tipo fuera uno de tus habituales—La música terminó y las últimas palabras se escucharon en voz alta en ausencia de la orquesta. Los ojos del vizconde se enfocaron sobre la joven—. ¿Buscas otra víctima, pichón?—La agarró.

Valan la apartó del alcance de su agresor.

—Esta «palomita» está ocupada en otra cosa.

El rostro del hombre se contorsionó de rabia.

—Ella es mía. He pasado la noche con ella. Me lo debe.

Valan miró hacia donde había visto por última vez a la bella en la pista de baile. Se había ido. Sin duda, reclamada por el joven lobo. Con un suspiro, volvió a prestar atención a Hesston.

—La propiedad es una cuestión de perspectiva. Como ha arruinado un chaleco muy caro, creo que me lo debe.

Ella tiró en un esfuerzo por liberarse. Valan se mantuvo firme y señaló con la cabeza a un camarero que pasaba.

—Mi reclamo supera al tuyo—dijo Hesston cuando el camarero se detuvo junto a ellos.

Valan dejó su copa de vino en la bandeja del camarero.

—No pertenezco a ninguno de los dos—dijo la chica.

El camarero frunció el ceño. Valan lo ignoró y dirigió sus ojos curiosos hacia ella.

—¿De dónde eres, muchacha?

—Eso no es de tu incumbencia —respondió ella.

—Quizá no—replicó él—, pero compláceme.

Ella negó con la cabeza.

—¿Prefieres ir con este hombre?—Señaló con la cabeza a Hesston, cuyo rostro enrojeció.

—Ella es mía—gruñó el vizconde.

—Paciencia—dijo Valan—. Ella puede elegir ir con usted, en cuyo caso no interferiré.

—No tienes derecho a interferir, en absoluto—espetó Hesston.

Valan le dirigió una mirada fría.

—Incluso tú puedes esperar sesenta segundos—Miró a la chica y levantó una ceja en forma de pregunta.

Ella miró a Hesston, luego le devolvió la mirada y negó con la cabeza.

— N-no.

—Ahí lo tienes—dijo él—. Incluso en el Baile de Medianoche de Lady Peddington, una dama es libre de elegir a sus acompañantes.

Hesston la miró con disgusto.

—Perra tonta—murmuró.

Ella levantó la barbilla.

—Prefiero ser tonta que cruel.

El comentario le valió una mirada desdeñosa de una mujer que pasaba del brazo de un hombre.

Hesston volvió a abalanzarse sobre ella. Valan se interpuso entre ellos.

—Estás borracho, Hesston. Vete a casa antes de que irrites a la persona equivocada.

—¿Como tú?—se burló.

Valan se encogió de hombros.

—No soy el mejor tirador de Edimburgo.

—Claro que no lo eres—gruñó.

—Es más probable que busque un patrullero de la calle Bow—dijo.

Los ojos de Hesston se abrieron de par en par.

—Ellos cazan delincuentes. Nunca he cometido un crimen en mi vida.

—Cuestión de perspectiva.

Un destello vicioso iluminó los ojos de Hesston.

—Si eso es así, entonces se podría sostener que te saliste de la ley en al menos una ocasión. Lo último que he oído es que el matrimonio con una mujer menor de edad va en contra de la ley—comentó Hesston.

Ah, el vizconde se había enterado de que la antigua némesis de Valan había regresado hoy mismo a Edimburgo. Los chismes viajaban rápido cuando la sociedad olía sangre.

Valan esbozó una sonrisa sosa.

—Entonces tengo la suerte de no haber cometido ese crimen.

—Te esforzaste bastante—declaró Hesston.

—Ni siquiera yo tengo siempre éxito—comentó Valan.

—Lograste ganar tu fortuna en un juego de cartas—gruñó—. Eso es altamente ilegal.

—Una partida amistosa de cartas nunca es ilegal—señaló Valan, y luego añadió antes de que el otro pudiera replicar:—Lo importante es recordar, mi querido vizconde, que los patrulleros prestan atención a los pares de alto rango.

El rostro del hombre se torció en un ceño fruncido.

—Tienes buena opinión de ti mismo.

Valan inclinó la cabeza.

—Estoy en excelentes términos con la calle Bow.

Hesston dio un paso atrás.

—Les pagas bien, es lo que quieres decir—Miró a la chica con desdén—. Un poco de muselina no vale tanto la pena.

—No soy un poco de muselina—replicó ella.

Hesston se dio la vuelta, pasó entre tambaleos junto a un grupo de hombres y se alejó a toda prisa.

Valan miró a la joven.

—Me has costado mucho esta noche.

Ella frunció el ceño.

—El coste de ese chaleco es una miseria para un hombre como usted.

Pensó en la belleza de cabello castaño.

—El dinero no es lo único que vale en este mundo, niña.

—No soy una niña.

Arqueó una ceja.

—Dime, ¿cuántos años tienes?

—Diecinueve.

—Una chica de diecinueve años que casi se deja abordar por un vizconde bastante desagradable.

—Suéltame—Ella tiró de la muñeca que él aún agarraba.

Se sobresaltó cuando algo le pinchó la muñeca. Valan sacó la mano hacia arriba. Ella tiró más fuerte y los invitados cercanos miraron hacia ellos. Valan les ofreció una sonrisa fría y luego instó a la chica a retroceder tres pasos hacia la alcoba.

—Te pido disculpas—comenzó ella, pero se interrumpió cuando él apretó más su mano.

Le dio la vuelta a la mano y le obligó a separar los dedos. Un modesto prendedor de diamante se balanceaba en la mitad de la palma.

Valan la miró y levantó una ceja interrogativa.

—Es un prendedor de caballero, si no me equivoco.

La boca de ella se adelgazó en una línea amotinada.

—¿Debo llamar al vizconde Hesston para preguntarle si ha perdido un prendedor de diamantes?—preguntó .

Sus ojos se abrieron de par en par.

—No. No hagas eso. Por favor.

Valan levantó el prendedor de la palma de su mano y luego la soltó.

—Supongo, entonces, que el buen vizconde no te lo dio como muestra de su, eh, amor eterno.

—¿Amor eterno?—se burló ella—Ese hombre solo se ama a sí mismo.

Él reprimió una sonrisa.

—Perdóname, pero tengo curiosidad por saber cómo has llegado a tener su broche. Es poco probable que se lo quitara para desvestirse. No sería necesario quitarle la corbata para...

—Él no me lo dio—interrumpió ella.

—Entonces, ¿lo sacaste de su corbata cuando te besó?

Ella levantó la barbilla.

—Las damas no permiten que hombres extraños las besen.

—Qué maravilloso es saber que reconoces una conducta propia de una dama. Te sugiero que lo recuerdes la próxima vez que un hombre te pida que le acompañes a una alcoba.

Dejó caer su mirada. Ah, la tenía. Le dirigió una mirada a través de sus pestañas y fue fácil ver por qué había captado la atención de Hesston. Su inocencia era un señuelo al que pocos hombres podían resistirse. Ella extendió una mano hacia él y dio un paso adelante. Luego tropezó. Gritó y chocó con él. Su solapa tiró hacia abajo cuando ella lo agarró y Valan la atrapó.

La puso a un brazo de distancia.

—Es la segunda vez esta noche que caes en mis brazos—Se colocó el corbatín en su sitio y se palpó el nudo para evaluar los daños—. ¿Tal vez deberíamos presentarnos formalmente antes de un tercer encuentro?—Valan hizo una pausa y palpó la longitud del corbatín. Su prendedor... Bajó las manos a los costados y le dirigió una mirada evaluadora— Mi prendedor, por favor.

Los ojos de ella brillaron mientras abría la mano izquierda. El prendedor de rubí estaba en la palma de su mano. Valan lo tomó.

—No es frecuente que me sorprenda, pero tú has conseguido sorprenderme.

La risa en sus ojos se desvaneció y su espalda se enderezó.

—Un caballero me daría una ventaja.

Hizo una pausa mientras metía los dos prendedores en el bolsillo delantero de su abrigo.

—¿Una ventaja?

—Antes de llamar a la calle Bow.

Una comisura de la boca de Valan volvió a crisparse, con más fuerza. Sacó la mano del bolsillo.

—Estás a salvo, mi niña. No pongo a los patrulleros a buscar jóvenes.

Ella lo estudió como si estuviera insegura, luego su expresión se aclaró y esbozó una brillante sonrisa.

—Es usted amable, a pesar de su rostro austero—Antes de que él pudiera replicar, ella añadió:—Admítelo, una vez que descubriste que te faltaba el prendedor, habrías asumido que lo perdiste por accidente y no sospecharías de mí... al igual que ese malvado vizconde no lo hará.

—La fortuna te favorece en ese sentido—dijo Valan—. Hesston no dudaría en hacer que te arrestaran, si es que no cumples con sus exigencias.

Ella frunció el ceño.

—¿Exigencias? Oh, quieres decir que me haría su amante.

—Nada tan elevado como eso, pero no importa. ¿Me atrevo a preguntar cómo has llegado a tener este, eh…, talento?

Se encogió de hombros, pero una determinación de acero subyacía a la despreocupación.

—Una mujer desarrolla las habilidades necesarias para sobrevivir.

—Sí—él estuvo de acuerdo—. Las mujeres son muy hábiles para sobrevivir. Supongo, entonces, que necesitas el dinero.

Ella frunció el ceño.

—No robo por dinero. Bueno, no para mí. Por cierto, devuélvame el prendedor.

Él levantó una ceja.

—¿Tu prendedor?

—Ciertamente no es tuyo—dijo ella.

—Tampoco es tuyo—dijo él.

—Quien lo encuentra se lo queda.

—¿Así es como llamas a tu talento, «encontrar»?

Ella frunció el ceño.

—No lo necesitas.

—Querida, si empeñas este prendedor, seguramente te encontrarás perseguida por los patrulleros. A menos que... dime, ¿tienes ya una relación con un agente de empeño?

Ella le dirigió una mirada altiva.

—No la tengo.

—Entonces no empezaremos ahora.

Sacudió la cabeza.

—Todo el mundo cree de que sabe lo mejor para mí. Yo no quiero...

Valan hizo una mueca.

—Por favor, no digas más. Seguro que la señorita Peddington te ha enseñado a no caer en dequeísmos.

Ello miró hacia el piso.

—Sí, lo hizo.

—¿Vas a tirar cada centavo que tu padre gastó para enviarte aquí hablando como una vulgar pescadora?

—Mi mi m-madre me envió aquí.

Valan la miró.

—¿Solo tartamudeas cuando tienes miedo?

Sus mejillas se enrojecieron mientras levantaba la barbilla.

—No puedo evitarlo. Si no te gusta...—sus mejillas se sonrojaron más—entonces no eres un caballero.

—Tu juicio sobre lo que constituye un caballero está muy equivocado—Ella abrió la boca para replicar, pero él levantó una mano, con la palma extendida—. Por favor, dejaremos esta discusión para otro momento. Estoy de acuerdo. No puedes evitar el tartamudeo. Pero sí puedes elegir las palabras que dices. Te sugiero que te acostumbres a elegirlas con más cuidado.

Un movimiento más allá del hombro de la chica llamó la atención de Valan. Reconoció al hombre alto que se acercaba.

—¿La felicidad matrimonial pierde su brillo tan pronto?—preguntó Valan cuando Sir Stirling James llegó hasta ellos.

Stirling sonrió.

—En absoluto—dijo mirando con atención a la joven.

—No puedo hacer presentaciones—dijo Valan—. No sé el nombre de la joven.

—Entonces, permítanme—Stirling se inclinó—. Señorita Jeanine Matheson, soy Sir Stirling James, y este es su señoría, el marqués de Northington.

Extendió su mano y Valan se inclinó sobre ella.

—¿Un marqués?—dijo ella—No me dijiste que eras un par.

—No lo has preguntado—dijo él, y luego miró a Stirling—. ¿Conoces a todas las jóvenes? Nunca dices que vienes aquí a menudo.

Stirling sacudió la cabeza.

—Les he visto juntos. Honoria me dijo quién era.

—Ah—entonó Valan—. Es a Lady Peddington a quien has venido a visitar.

—Honoria y yo somos viejos amigos—dijo Stirling—. No esa clase de viejos amigos—añadió cuando Valan comenzó a responder—. Pero sí lo fuimos, el pasado es el pasado.

Valan inclinó la cabeza.

—Como tú digas.

—¿Conocías a Lady Peddington antes de que fundara la escuela?—preguntó la señorita Matheson.

Stirling sonrió.

—Efectivamente.

—Quiero tener una escuela como esta algún día—dijo ella.

—Dios mío, ¿por qué?—preguntó Valan.

—Ser una mujer independiente. Lady Peddington dice que una dama estará mejor si encuentra un buen caballero que la cuide. Pero eso no es lo que ella hizo. Ella fundó la escuela. Ella hace su propio dinero y lo gasta como quiere.

—Llevar un negocio conlleva mucha responsabilidad—dijo Valan.

Jeanine agitó la mano con desprecio.

—Llevar la casa de un caballero es una responsabilidad igual de grande.

—Cuando una dama tiene un caballero que la cuida, tiene a alguien que se ocupa de ella si algo va mal—explicó él.

Ella frunció el ceño.

—He conocido a demasiadas damas cuyos maridos no se ocupan de ellas.

—Te atrapó, Northington—dijo Stirling.

—Así es—dijo Valan—. En ese sentido, me despediré.

—¿Te vas tan temprano?—preguntó Stirling.

—Sí. La caza ha terminado por esta noche—Miró a la joven—. Buenas noches, señorita Matheson.

Ella dio un paso hacia él.

—¿Tiene que irse?

Él mostró una sonrisa sosa.

—Los viejos caballeros necesitan descansar.

Ella hizo una mueca.

—Usted no es viejo.

—Viejo lo suficiente.

—La selección de caballeros para bailar ha disminuido—dijo ella—. Esperaba que tal vez...

—Tal vez su señoría baile con usted—Señaló con la cabeza a Stirling.

Ella frunció el ceño hacia Stirling.

—¿Su señoría? Se presentó como Sir Stirling James.

—Es ambas cosas—dijo Valan—. El marqués sufre una modestia antinatural. Rara vez admite su título.

—El título es una cortesía, y apenas significa nada—dijo Stirling.

Valan vislumbró a Hesston hablando con Lady Peddington cerca de la pared del extremo derecho, no muy lejos de un grupo de damas. Valan volvió a prestar atención a la señorita Matheson.

—El marqués es probablemente el único caballero presente. Si es que todavía es un caballero.

Stirling se rió.

—Tendrías que preguntarle a Chastity.

—¿Chastity?—preguntó ella.

—Su esposa—dijo Valan.

—¿Está casado?—La joven arrugó la nariz— Entonces no me conviene bailar con usted.

—Es usted muy sincera—afirmó Stirling.

—Es ingenua—dijo Valan—. Un hombre casado tiene sus usos.

Ella entrecerró los ojos con suspicacia.

—¿Está casado?

—No, y no deseo estarlo. Buenas noches, señorita Matheson. Sir Stirling—Se inclinó y se fue.

—¿Está casado?

—No, y no deseo estarlo. Buenas noches, señorita Matheson. Sir Stirling—Se inclinó y se fue.

14

Capítulo dos

Nada más llegar al baile de Lady Douglas, Valan empezó a pensar que su mayordomo se había equivocado al sugerirle que asistiera, hasta que vio a la misma belleza de cabello oscuro que había visto en el baile de Lady Peddington dos noches atrás. Se retiró a la sombra de una de las ridículas columnas del salón de baile y observó a la bella bailar un reel con el vizconde Chilson. Cuando comenzó un segundo baile con el vizconde, Valan supo que había hecho de ella una mujer deshonesta. Chilson era bajo y corpulento. Una mujer deshonesta preferiría sin duda a un amante alto y guapo, aunque solo fuera por una noche.

La música se elevó por encima del murmullo de las voces a medida que los pasos de los bailarines ganaban velocidad.

Chilson no duraría más de dos bailes. Ya tenía la cara enrojecida. Como era su costumbre, jugaría a las cartas y perdería quinientas libras antes de que terminara la noche.

—Northington, pensé que eras tú—El conde de Davon se detuvo frente a él—. Pensé que, tal vez, estabas escondido aquí—comentó.

Valan mantuvo sus ojos en la belleza de cabello oscuro.

—Sin embargo, has venido a hablar conmigo.

—Bueno, sí, seguramente no te estás escondiendo de verdad—dijo el conde—Solo estaba bromeando.

Valan suspiró.

—Por supuesto, lo hacías.

—Aquí, ahora—dijo Davon—. No hay necesidad de ser grosero.

La belleza de cabello oscuro desapareció detrás de un grupo de bailarines. El baile duraría otros tres minutos.

Valan miró al conde.

—Tienes razón, por supuesto. ¿Querías algo?

El hombre parpadeó.

—Bueno, no. Solo estaba siendo amistoso.

—Gracias—dijo Valan—. Si me disculpa, hay una dama que necesita mis servicios.

—¿Sus servicios?—comenzó, pero Valan lo dejó de pie junto a la columna y se dirigió al lado opuesto de la sala.

Llegó al lugar donde el vizconde Chilson había salido de la pista de baile con la dama del brazo.

—Por supuesto, querida—decía Chilson—. Puedes tomar todo el champán que quieras—Le pellizcó la nariz. Llegaron a la mesa de los refrescos. El vizconde tomó una copa de champán y se la entregó—. Puedes descansar con las otras damas— dijo, y añadió en un susurro:—Recuerda que eres la hija de mi primo que viene de visita desde Bath.

Esa fue la excusa que utilizó para explicar la presencia de su amante en un baile de sociedad. No tenía esposa que se quejara de sus indiscreciones. Sin embargo, la historia no les permitiría entrar en más de dos o tres fiestas, ya que ninguna anfitriona de renombre quería que su fiesta se viera manchada por la presencia de la amante de un hombre.

Valan eligió una copa de champán y se enfrentó a las bailarinas. Por el rabillo del ojo, observó cómo Chilson guiaba a su joven amante hacia una silla cercana a un rincón ocupado por otras damas. Volvió a pellizcarle la nariz y Valan no pudo evitar imaginarse al conde pellizcándole la nariz mientras resoplaba, sin aliento, encima de ella. Valan se preguntaba si el conde ya la había desflorado.

Chilson se fue y nadie habló con la muchacha. Sin duda, muchos sabían lo que era. Valan terminó su champán, colocó la copa en una mesa cercana y se acercó a su silla. Ella levantó la cabeza y lo miró, con el ceño fruncido por la confusión.

—¿Quieres bailar?—le preguntó.

Ella miró con incertidumbre en la dirección en que Chilson había desaparecido.

—No sé.

Su voz, baja y sensual, hacía juego con su oscura belleza. Puede que tenga que robársela a Chilson, pensó.

—¿Le has prometido este baile a otro?—preguntó él.

Ella negó con la cabeza.

—¿Bailas?—preguntó él.

Ella asintió. Él levantó una ceja.

—¿Hablas?

Sus mejillas se colorearon. Ella empezó a asentir, luego se detuvo y contestó:

—Hablo.

—¿Y bailas?—dijo él.

—Y bailo—respondió ella.

Él extendió una mano hacia ella.

—Pronto empezará el baile.

Ella colocó sus dedos en los de él y se levantó. Él la condujo a la pista de baile y se unieron a un grupo en el borde. Ella se colocó frente a él, con los ojos puestos en su pecho en lugar de en su cara. O Chilson no la había desflorado o había sido poco amable al hacerlo.

La música comenzó y, como él ya había observado, ella bailaba bien. Eso le complacía. Una sonrisa se dibujó en la comisura de los labios. Tal vez la llevaría a bailes como éste. Sin duda, asistiría a al menos media docena de veladas antes de que se le cerraran las puertas. Tal vez no se cerraran en absoluto. Ser rico tenía sus ventajas.

Cuando el baile terminó, Valan deslizó la mano de ella en el hueco de su brazo y la condujo a través de las puertas abiertas del balcón. Una docena de invitados se arremolinaban en el balcón. Ella echó una mirada nerviosa hacia el salón de baile y se detuvo. Valan colocó su mano sobre la de ella, manteniendo los dedos de ella firmemente envueltos en su brazo. Se vio obligada a caminar junto a él mientras bajaban los escalones hacia el césped.

—No creo que deba salir aquí con usted, mi señor—señaló ella.

—¿Por qué no?

—Al vizconde Chilson no le gustará.

—Entonces no se lo diremos. ¿Te gustan los jardines?

—Los jardines son hermosos, por supuesto. Pero una dama...

—¿La hija del primo del vizconde Chilson?—interrumpió él.

Ella lo miró bruscamente.

Él mostró la sonrisa que le había valido el nombre de «Lucero».

—¿Prefieres la compañía del vizconde Chilson a la mía?

Ella lo miró durante un largo momento mientras él ralentizaba sus pasos por el césped.

—¿Puedo preguntar quién es usted, señor?

—Valan Grey, sexto conde de Edmonds, marqués de Northington.

—¿Un conde *y* marqués?—dijo ella con voz entrecortada.

Él asintió, ligeramente desconcertado de que fuera su título el que captara su atención y no su sonrisa. Se estaba haciendo mayor.

—Eres más guapo que el vizconde Chilson— murmuró ella.

—Eres demasiado amable—respondió con una sonrisa socarrona.

Dejaron las luces de la mansión y entraron en un sendero de guijarros bordeado de flores. La luz de la luna iluminaba su rostro. Habían avanzado bastante. Valan le pasó un brazo por la cintura y comenzó a bajar la cabeza hacia la de ella.

—¡No eres un caballero!—gritó una mujer.

Valan se detuvo. Seguro que no era...

Los arbustos que había más adelante crujieron violentamente y una pequeña figura se abrió paso con rapidez, dirigiéndose hacia ellos. La bella morena se puso rígida cuando la mujer se acercó.

—¿Lydia?—La recién llegada llegó hasta ellos y se detuvo—¿Eres tú?

Una gran figura salió de entre los arbustos, pero giró en dirección contraria y desapareció alrededor de un seto.

—¿Qué estás haciendo aquí en el jardín?— preguntó la señorita Matheson.

—Lo mismo que tú, parece—respondió Lydia.

La señorita Matheson le miró y frunció el ceño—*T-tú*.

—Veo que no hizo caso de mi advertencia sobre irse a solas con un hombre, señorita Matheson.

—¿La conoces?—La belleza de cabello oscuro se apartó de su abrazo. Saltaba la mirada de la Srta. Matheson a él.

—La señorita Matheson y yo nos conocimos la otra noche en el baile de medianoche de Lady Peddington.

—Nos conocimos la otra noche...— Lydia se giró para mirar a la señorita Matheson.   —¿Qué estás haciendo aquí?

—Intentaba dar un paseo...

—Eso no—interrumpió ella—. ¿Qué haces en esta fiesta?

—Me han invitado, como a ti.

—No como a mí, creo—espetó Lydia, y miró a Valan—. ¿La has invitado tú?

—Esta no es mi fiesta.

Lydia deslizó su mano en el pliegue de su brazo y se dirigió a la señorita Matheson.

—Lord Northington y yo vamos a dar un paseo. Busca a tu propio caballero.

La señorita Matheson se rio.

—Qué chica tan malvada eres, Lydia. Te vi en el salón de baile con ese caballero bajito y regordete. No estabas nada bien. Ahora estás paseando por los jardines con otro caballero.

—Qué interesante que notes la incorrección en los demás—comentó Valan.

—No he venido al jardín con un caballero—dijo la señorita Matheson—. Por lo tanto, no soy culpable de incorrección.

—¿Cómo te atreves?—Lydia respiró. Tiró del brazo de Valan—¿Vas a dejar que me hable de esa manera?

—Estás enfadada solo porque es verdad—dijo la señorita Matheson.

Lydia dio un pisotón.

—No puedo evitar que a los caballeros les guste más que tú.

—No eres *tú* la que les gusta, Lydia.

Valan se obligó a reír, incapaz de hablar por miedo a animar a la muchacha. Sin embargo, sus esfuerzos fueron en vano, ya que ella ladeó la cabeza y dijo:

—Ves, hasta su señoría está de acuerdo conmigo.

La belleza de cabello oscuro respiró con fuerza.

—Un verdadero caballero no permitiría que se hablara así a una dama.

—Si fuera un caballero, no estaría aquí con usted en el jardín—respondió la señorita Matheson—. En cuanto a que seas una dama...

Ella se soltó y dio un paso atrás.

—Nunca me han tratado tan mal—Sin decir nada más, se giró y volvió a marchar hacia la mansión.

Valan observó su retirada durante dos latidos, y luego se enfrentó a la señorita Matheson.

—Tiene usted la habilidad de interferir en mis planes. Dígame, ¿quién la invitó al baile de Lady Douglas?

—Lady Douglas, por supuesto.

—¿Se conocen ustedes dos?—preguntó sorprendido. Tal vez, al igual que Lydia, se había buscado un protector.

—Lady Peddington a veces nos consigue invitaciones para asistir a otros bailes—dijo ella.

—¿No te acompaña Lady Douglas?—preguntó él.

—Ella llenó mi tarjeta del baile y me envió. Llevo dos horas bailando. Me duelen los pies y estoy cansada. He venido aquí para tomar un poco de aire fresco. Ese caballero me encontró y no fue muy educado.

—Tú tampoco lo fuiste, querida—replicó Valan.

—¿Qué? ¿Debería haberle dejado tomarse libertades?

—¿No se te ocurrió que no debías estar aquí fuera, que quizás no era apropiado?   —preguntó.

—Una dama no debería temer ser abordada cuando sale a pasear.

Se burló.

—Me temo que has desperdiciado el dinero que tu pobre madre gastó para enviarte a la escuela de Lady Peddington. ¿Cómo te propones enseñar a las jóvenes a ser damas cuando no actúas el papel?

—Oh, eso. No necesito ser una dama para tener una escuela.

—Interesante lógica. ¿De dónde, por favor, vas a sacar el dinero para esta escuela?

Ella miró a su alrededor como para asegurarse de que nadie la escuchaba, luego se inclinó hacia ella y dijo:

—Pienso casarme con un caballero muy viejo y rico.

Él se quedó mirando.

—Casarse con un caballero rico. Una tradición consagrada entre las damas. Ven—La agarró del brazo y comenzó a caminar hacia la mansión—. Para que tu plan tenga éxito, no debes ser sorprendida en estos jardines con alguien como yo.

—Eso es una tontería—dijo ella—. No has sido más que un caballero. Nadie podría acusarte de ser impropio.

Ella prácticamente trotó para seguirle el paso, pero él no disminuyó la velocidad.

—Si no llegamos al salón de baile sin ser vistos, puedes descubrir lo equivocada que estás.

—Es la primera vez que un caballero intenta arrastrarme a un salón de baile—dijo ella.

—También es la primera vez para mí—dijo él, cortante.

—Entonces, ¿por qué lo haces?

Él la miró con los labios finos.

—¿Prefieres que te arrastre a los arbustos?

—No—replicó ella—. Solo tenía curiosidad.

—Seguramente, sabes que la curiosidad mató al gato—señaló él—. ¿Te enseñó tu madre a no confiar en los hombres extraños?

—Oh, eso lo aprendí por mi cuenta, y normalmente tampoco puedes confiar en los que conoces.

—Para ser tan cínica, eres ingenua al entrar sola en cualquier jardín.

—Creo que el ingenuo eres tú—dijo ella—. La mayoría de los hombres no necesitan jardines para hacer avances.

Él no pudo evitar una sonora carcajada.

—Me corrijo.

Doblaron una esquina del sendero y se encontraron cara a cara con otra pareja. Valan maldijo antes de que la luz de la luna revelara que la pareja era Sir Stirling y su esposa.

—Su señoría—Hizo una ligera reverencia—. Mi señora. Entiendo que hay que felicitarlos.

Lady Chastity sonrió.

—Sí, gracias. Ella es una bebé sana.

—Veo que estás trabajando duro, como siempre, Northington—dijo Stirling con risa en su voz—. Señorita Matheson, qué casualidad verla aquí. Parece que usted y el marqués se llevan bien.

—La señorita Matheson estaba perdida—dijo Valan—. La encontré por casualidad y la estoy acompañando de vuelta a la mansión.

—¿Por qué no la veo de vuelta?—Dijo Lady Chastity.

—Eso sería lo mejor, señora—. Valan inclinó la cabeza en señal de gratitud.

—Pero... —La señorita Matheson comenzó.

—Vete—interrumpió él—. Es mucho mejor que te vean volver a la fiesta con Lady Chastity que conmigo—Ella negó con la cabeza y él añadió:— Recuerda tus planes.

Ella hizo un bonito mohín, pero asintió.

—Iré, por esta vez. Pero no creas que puedes darme órdenes.

—El cielo no lo permita—pidió él, y las dos mujeres se fueron.

—Tienes suerte de que hayamos sido Chastity y yo los que te hemos encontrado—dijo Stirling mientras seguían a las damas a paso tranquilo.

—Mucho más afortunado para ella que para mí—dijo Valan.

—Eso es completamente cierto—afirmó él, sin hacer ningún esfuerzo por ocultar su diversión—. ¿Qué hace ella aquí?

—Parece que Honoria le consiguió una invitación al baile.

—Interesante—dijo Stirling—. No tenía ni idea de que sus servicios se extendieran a conseguir invitaciones para damas a fiestas privadas. ¿A qué se refería cuando le dijiste «recuerda tus planes»?

—Espera financiar una escuela casándose con un caballero rico que morirá rápidamente y le dejará su dinero.

Stirling le miró bruscamente.

—¿Hablas en serio?

—Ella misma confesó el plan.

—Bueno, la chica es trabajadora.

—Es tonta—afirmó Valan.

—Tal vez, pero hay planes peores. Hablando de eso, he oído que tienes intención de visitar Londres por una larga estancia.

Valan negó con la cabeza.

—No, trato de tener tan pocos planes como sea posible. ¿Dónde has oído eso?

—Me lo dijo Chastity, si no recuerdo mal.

Valan lo miró de reojo. Sir Stirling James no era conocido por sus chismes, aunque muchos de ellos rodeaban al hombre al que cada vez más gente se refería como el Casamentero.

Llegaron a las escaleras del balcón, subieron y entraron en el salón de baile. Se detuvieron justo dentro de las puertas dobles y Sir Stirling observó a la multitud.

—Probablemente Chastity se llevó a la señorita Matheson al salón de las damas—indicó—. Es probable que no volvamos a verlas durante algún tiempo.

—Lo más probable es que no vuelva a ver a la señorita Matheson—afirmó Valan.

—A no ser que encuentre un viejo y rico caballero—dijo Stirling.

Valan se rio.

—Le deseo suerte—. Su mirada se fijó en un hombre alto que hablaba con otros dos. El frío se desencadenó en sus entrañas. Por fin, la velada se había puesto interesante.

—Conocí a Lord Gordon ayer en un almuerzo— comentó Stirling—. Acaba de regresar de Inglaterra después de estar fuera durante... —Stirling miró a Valan.

—Dieciocho años —terminó Valan por él.

La cortina de una alcoba situada a unos metros a la izquierda de Lord Gordon se abrió y Lady Chastity y la señorita Matheson salieron. Gordon se volvió hacia ellas, dijo algo a su compañera y luego dio tres pasos hacia la alcoba. Se inclinó sobre la mano de Lady Chastity. Se presentó a la señorita Matheson. Gordon levantó la mano de la señorita Matheson.

Valan notó los segundos de más que Gordon sostuvo la mano de la muchacha.

—Lord Gordon no es un caballero anciano al que le quedan pocos años—dijo Stirling—. A la señorita Matheson le iría mejor si un hombre la tomara como su pupila.

Valan le miró.

—¿Qué hombre haría algo así?

Stirling se encogió de hombros.

—Un hombre que quisiera asegurarse de que ella no fuera presa de Lord Gordon.

—No te gusta—dijo Valan.

—Sé poco de él. Pero sus atenciones me parecen malsanas—Stirling frunció el ceño—. Creo recordar que hay mala sangre entre ustedes dos.

—¿Entre Gordon y yo?—Valan recordó las palabras de Gordon aquella fatídica noche de hace veinte años: *"Su padre se pegó un tiro y lo dejó sin dinero"*. Pero sonrió amablemente y dijo—:—Nada más que travesuras de la infancia. No nos hemos visto desde nuestros días de universidad.

La curiosidad cruzó el rostro de Stirling, y luego mostró sus dientes blancos.

—¿Nos saludamos?

Valan inclinó la cabeza en señal de asentimiento.

—Hacer lo contrario sería de mala educación.

Stirling levantó las cejas con evidente diversión, el gesto, pensó Valan, casi tan practicado como el suyo propio. Valan le siguió hasta la alcoba. Se acercaron a la espalda de Gordon, lo que le vino bien a Valan. Cuando se acercaron, Lady Chastity miró más allá del hombro de Gordon y éste se volvió.

Valan fue recompensado con una visión de la sorpresa de Gordon y de su ira desprevenida.

Gordon dirigió inmediatamente su atención a Sir Stirling y se inclinó.

—Su señoría, es un placer verle de nuevo.

—Y a usted, Lord Gordon—respondió Stirling—. ¿Conoce a Lord Northington?

Una comisura de la boca de Gordon se tornó sombría, pero asintió rígidamente en dirección a Valan.

—Gordon y yo somos viejos amigos—murmuró Valan—. Asistimos juntos a la Universidad de Edimburgo.

La frustración brilló en los ojos de Gordon y Valan reprimió una sonrisa. Parecía que algunas cosas nunca cambiaban. Cuando el hermano de Gordon se convirtió inesperadamente en vizconde Dryer, veintidós años atrás, se convirtió en un punto de orgullo para Gordon que se le reconociera como «Lord Gordon».

—No sabía que había asistido a la universidad en Edimburgo, Lord Gordon—señaló Lady Chastity.

—Mi padre insistió en que estudiara empresariales—respondió él.

—¿Qué estudió usted, Lord Northington?—preguntó la señorita Matheson.

—Nada tan ilustre como los negocios. Arte y poesía.

—No me lo creo—dijo ella.

Todos la miraron.

—¿Puedo preguntar por qué?—preguntó Valan.

—No es nada romántico.

—Es perspicaz para ser tan joven—murmuró Sir Stirling con una carcajada.

Valan la miró.

—Como no me conoce, me pregunto qué le ha llevado a esa conclusión.

—Como mujer sensata, la señorita Matheson puede ver que no es usted un romántico   —comentó Gordon.

—Lo dice como si ser poco romántico fuera algo malo—mantuvo Valan una voz contemplativa que pretendía incitarle.

La boca de Gordon se diluyó.

—No entendería la diferencia.

—Su señoría entiende perfectamente la diferencia—afirmó la señorita Matheson.

Una vez más, todos la miraron.

—Dígame, ¿cómo lo sabe?—preguntó Valan.

Ella ofreció una sonrisa de suficiencia.

—Como mujer sensata, puedo ver que es lo suficientemente inteligente como para entender lo que es el romance, aunque no sea romántico.

Valan se rió.

—Lejos de mí el discutir con una mujer.

—¿Mujer?—dijo Gordon—Apenas ha salido del aula.

La señorita Matheson frunció el ceño.

—Tengo diecinueve años, una mujer adulta. Tengo dos hermanas menores. Una se casó a los dieciocho años, la otra a los diecisiete. Soy una solterona.

—¿Una solterona?—Valan hizo una mueca—Si tú eres una solterona, entonces yo soy una vetusta señorona.

Ella puso los ojos en blanco.

—La edad es diferente para los hombres.

—Qué suerte para nosotros—añadió Valan.

—Qué suerte, desde luego—dijo Lady Chastity en tono seco.

La orquesta comenzó un vals. La señorita Matheson miró a los bailarines, con anhelo en sus ojos, y luego cambió su mirada a Valan.

—Aprendimos el vals en casa de Lady Peddington. ¿Quieres bailar conmigo?

—Una dama no saca a bailar a un caballero—le advirtió él—. Ella espera a que un caballero se lo pida.

—Pero una dama podría esperar eternamente—señaló ella.

Él le pellizcó uno de sus rizos.

—No esperarás mucho, confía en mí, querida.

—Queda advertida, señorita Matheson—advirtió Gordon—, un verdadero caballero no toca el cabello de una dama en público—Se inclinó—. ¿Puedo tener el honor de este baile?

Ella miró a Valan y las mejillas de Gordon enrojecieron.

—Confía en mí—insistió Gordon—. Bailaremos y tomaremos un refresco, luego me encargaré de que llegues bien a casa.

—Qué divertido—comentó Valan—. Creo que Gordon espera convertirse en tu protector, querida. No temas—Valan le mostró una sonrisa a Gordon—. Ella tiene un protector.

Capítulo tres

La satisfacción se apoderó de Valan cuando la comprensión se registró en los ojos de Gordon.

Lady Chastity miró a su marido y Valan vislumbró el pequeño movimiento de cabeza de Stirling un instante antes de que Gordon se dirigiera a Valan:

—Te crees muy listo.

—Disculpe—dijo la señorita Matheson—, pero…

Gordon desvió su mirada hacia Sir Stirling.

—Ella es una inocente, mi señor. No puede permitir que Northington la convierta en su amante.

Valan abrió los ojos.

—¿Amante?—repitieron al unísono Valan y la señorita Matheson.

Los ojos de ella se clavaron en él, pero él mantuvo su mirada en Gordon.

—No entiendes, Gordon. No es mi querida. Es mi pupila.

Gordon se quedó boquiabierto.

—¿Tu pupila?

—Perdóname—Valan hizo una pequeña reverencia—. Esto es un grave malentendido y es completamente mi culpa. Debí haberlo aclarado antes.

—Apuesto que no hay malentendidos—murmuró Gordon. —Todos conocemos tu reputación, Lucero.

Valan esbozó una amplia sonrisa.

—El Lucero era considerado como la más bella de todas las creaciones de Dios.

La ira nacida de treinta años de envidia brilló en los ojos de Gordon.

—Sí, eres lo suficientemente arrogante como para creer eso de ti mismo.

—Me das demasiado crédito—dijo Valan—. Nunca me he tenido en tan alta estima.

—Oh, pero lo haces, y no niegas el apodo.

—Discúlpeme, Lord Gordon, pero esto no es asunto suyo—La señorita Matheson hizo un gesto despectivo con la mano—. Váyase.

Valan se esforzó por mantener una expresión neutral.

—Me lo agradecerá, señorita Matheson—respondió Gordon con firmeza, y luego le dijo a Sir Stirling:—Mi señor, apelo a su sentido del deber. No se puede permitir que Northington influya en la vida de esta joven.

—Esto me parece tremendamente divertido—intervino Valan—. Parece que a Gordon le gustaría reinterpretar la ley.

Un grupo de señoras pasó cerca. Una vez que salieron del alcance del oído, Gordon dijo:

—Resulta que sé, señor, que la señorita Matheson es una alumna de la Escuela de Señoritas de Lady Peddington y no es pariente suya.

—¿De verdad?—dijo Valan—Estoy atónito. ¿Cómo es que te encuentras en posesión de este conocimiento y qué tiene que ver con todo esto?

—Eso no es de tu incumbencia. Lo único que importa es que tu supuesta tutela es una treta para aprovecharte de ella.

—Es usted muy grosero—afirmó la señorita Matheson con intensidad—. Su señoría ha sido un perfecto caballero. Por qué si no, cuando me encontró en el jardín, fue muy inflexible para que regresara al salón de baile antes de que mi reputación se arruinara.

—¿Te encontró en los jardines?—Un brillo apareció en los ojos de Gordon y su mirada se desvió hacia Valan—No permitiré que te aproveches de otra mujer desprevenida.

—Uno podría preguntarse, mi querido Gordon, cómo te propones detenerme si ese fuera mi plan—Valan levantó una ceja—. ¿Con una pistola, quizás?

—Ese método funcionó en el pasado.

—La inexperiencia de la juventud, ¿no estás de acuerdo?—Valan se rio—La verdad es que me ahorraste muchos disgustos al intervenir aquella noche.

Gordon parpadeó.

—¿Perdón?

—Victoria y yo no nos conveníamos en absoluto. El matrimonio habría sido desastroso—Valan esbozó una sonrisa—. La pasión de la juventud—Los ojos de Gordon echaron chispas. Valan no le dio oportunidad de responder, sino que se volvió hacia Lady Chastity—. ¿Puedo imponerle, mi señora, que se lleve a la señorita Matheson a su casa esta noche, con el permiso de su marido, por supuesto? Mañana, mi pupila tendrá una compañera en Finley Hall.

—Estaré encantada de que la señorita Matheson se quede con nosotros—respondió ella.

Valan se dirigió a la señorita Matheson.

—¿Preferiría quedarse con Lady Chastity en lugar de volver a la escuela de Lady Peddington?

Ella sonrió.

—Desde luego que sí, señor.

Él sonrió.

—Bien, entonces ve con ella, como te pido.

Ella lo prendió con una mirada astuta.

—¿Prometes que mañana me encontrarás una compañera y me iré a vivir contigo?

—Debes guardar tu afición a la negociación para los negocios reales—señaló él.

—Esa no es una respuesta—dijo ella.

Él suspiró.

—Te lo prometo, hija mía.

Ella arrugó la nariz.

—Y dejarás de llamarme «niña».

Él inclinó la cabeza con gracia culta.

—Como tú ordenes.

Ella asintió escuetamente.

—Entonces haré lo que me pides—Miró a Lady Chastity—. Me iré cuando estés lista.

Lady Chastity intercambió una mirada con su marido, y luego dijo:

—Podemos irnos ahora.

—Mi señor—declaró Gordon a Sir Stirling—, seguro que ve lo peligrosa que es esta situación para la señorita Matheson.

La expresión de Sir Stirling se enfrió.

—De hecho, no hay ningún lugar más seguro para ella que en compañía de mi esposa.

Gordon palideció.

—Por supuesto. No es eso lo que quería decir. Solo quise decir que los planes de Northington para ella son menos que honorables.

La señorita Matheson resopló.

—Ya he terminado con este. Podemos irnos.

Valan la miró con severidad.

—Le ruego, señorita Matheson, que no resople como una vulgar tabernera.

Ella agachó la cabeza.

—Lo siento, señor.

—Está usted perdonada. Ahora, vaya con Lady Chastity y, se lo ruego, compórtese, al menos hasta la próxima vez que la vea.

—Lo prometo—Ella le dedicó una sonrisa completa antes de decirle a Sir Stirling:—Buenas noches, Sir Stirling—Se enfrentó a Lady Chastity—. Mi señora, gracias por su amabilidad.

Sin siquiera mirar a Gordon, se alejó.

* * *

Encontrar una institutriz con poca antelación no fue terriblemente difícil. Encontrar una que no se desmoronara bajo la naturaleza decidida de la señorita Matheson, resultó más difícil. Valan se decidió por una mujer de veintiocho años, más alta que su nueva pupila por lo menos cinco pulgadas. Uno pensaría que su altura le daría una ventaja, pero su cabello castaño claro recogido en un severo moño, combinado con su actitud tranquila, le recordaba a un gorrión.

Se sentó frente a él en el carruaje, con las manos cruzadas recatadamente en su regazo, como corresponde a una acompañante de pago. Por hoy, ella satisfaría el decoro. Él contrataría a alguien más adecuado a toda prisa.

Llegaron a la casa de Stirling exactamente a las cuatro de la tarde, como Valan había prometido en su nota enviada ese mismo día. Se bajó del carruaje, se dio la vuelta y ayudó a la señorita Stone a bajar. Subieron el pasillo y los tres escalones hasta la puerta.

Llamó a la puerta. Un momento después, la puerta se abrió y un austero mayordomo los condujo por un corto pasillo hasta un salón decorado con buen gusto en dorado y azul pálido.

—Le diré a su señoría que está usted aquí—Se inclinó y se fue.

Afortunadamente, la señorita Stone permaneció callada mientras esperaban.

Minutos después, Sir Stirling y Lady Chastity entraron con la señorita Matheson entre ellos. La señorita Matheson voló por la habitación y se lanzó a los brazos de Valan.

—Me alegro mucho de verle, señor.

—Eso parece—La sujetó por los hombros y la puso a distancia—. Nuestra primera orden del día cuando lleguemos a casa será una seria discusión sobre su conducta con un caballero—Valan se volvió y se inclinó ante Lady Chastity—. Mi señora. Luce particularmente radiante—Ella lanzó una mirada curiosa a su marido. Valan se volvió hacia Sir Stirling—. Su señoría. Le presento a la señorita Stone. Señorita Stone, marqués y marquesa de Roxburgh.

La señorita Stone hizo una reverencia.

Señaló con la cabeza a Jeanine.

—Está bajo su cargo, Srta. Matheson.

—No lo estoy—negó la Srta. Matheson—. Acordamos que no soy una niña.

—Creo que estuve de acuerdo en no llamarte niña—dijo Valan.

La señorita Matheson le lanzó una mirada de reojo y luego le dijo a la señorita Stone:

—Es usted muy alta.

—Eso no es educado—indicó Valan—. Apuesto a que la señorita Peddington te enseñó mejores modales.

—No he dicho que ser alto sea algo malo. Entonces, no estaba siendo grosera.

—Tal vez no nos entendemos—dijo él—. Si quieres ser mi pupila, no me llevarás la contraria.

—Yo...

—¿Deseas ser mi alumna?—la interrumpió.

Ella cerró la boca y asintió.

—Entonces estamos de acuerdo—afirmó él.

Ella asintió de nuevo y miró a la señorita Stone.

—De verdad, no quería ofenderte.

La joven sonrió.

—Es cierto que soy inusualmente alta, por eso estoy segura de que le he sorprendido. Sin embargo, su señoría tiene razón. Una dama nunca señala los defectos de otra, por muy evidentes que sean.

Los ojos de la señorita Matheson se oscurecieron.

—Ser alta no es un defecto. Cualquiera que diga lo contrario es cruel.

—Tienes razón, por supuesto—dijo la señorita Stone.

La expresión de la señorita Matheson se aclaró.

—Nos llevaremos muy bien—Miró a Valan y sonrió—. Ha elegido bien, señor.

Él levantó una ceja.

—Ah, ¿sí?

—Lo has hecho, y estás muy satisfecho contigo mismo.

—Un hombre se complace donde puede. ¿Nos vamos?

—¿Puedo hablar con usted antes de que se vaya?—dijo Stirling.

Valan inclinó la cabeza en señal de acuerdo, y luego le dijo a la señorita Matheson:

—¿Podrían usted y la señorita Stone esperar en el carruaje, por favor?

—Vamos, señoras—llamó Lady Chastity—. Nos aseguraremos de recoger las cajas de la señorita Matheson.

—¿Cajas?—repitió Valan.

—Chastity compró algunas cosas esenciales para la señorita Matheson—comentó Sir Stirling.

—Qué amable de su parte—comentó Valan.

Las damas se fueron, y Valan dijo:

—Gracias por mantenerla. Por favor, envíame las facturas de sus cosas.

Stirling negó con la cabeza.

—Chastity quería regalarle algunos objetos. Te prometo que el gasto real de su vestuario sigue recayendo en ti. Es una joven muy vivaz.

Valan le miró fijamente.

—No tengo ningún plan para ella, si eso es lo que te preocupa.

—No me preocupa lo más mínimo. Pensé que te gustaría saber que Lord Gordon ha pedido al padre de Chastity que interceda por la chica.

—¿Lo ha hecho, ya?—murmuró Valan—. Uno se pregunta de dónde saca Lord Gordon el tiempo para hacer una cruzada con tanta determinación. Los asuntos de su propio padre han sufrido estos dos últimos años.

—Tiene planes para ella, por supuesto—dijo Stirling.

Valan se quedó mirando.

—No tenía ni idea de que fueras tan directo.

Sterling se rio.

—No lo soy siempre. Pero estoy seguro de que ya sabías que Gordon la quería.

—Sí—replicó Valan—. No he sabido que hiciera nada por la bondad de su corazón.

—Muchos dirían lo mismo de ti—dijo Sterling.

—Tendrían razón—admitió Valan.

—Entonces, ¿por qué haces esto?

—Sean cuales sean mis razones, no miento cuando digo que la chica no corre peligro por mi parte.

Stirling lo estudió.

—Esas razones son, creo, para molestar a Lord Gordon.

—No estoy seguro de creerte cuando dices que no siempre eres tan franco—dudó Valan.

Stirling sonrió

—Sin embargo, es cierto. Ser franco contigo es necesario.

—Ya veo—dijo Valan con voz seca—. ¿Intervendrá su alteza?

Stirling negó con la cabeza.

—Lo dudo. Chastity hablará con él.

—Me sorprende que no esté preocupada por la señorita Matheson —dijo Valan.

La sonrisa de Stirling se amplió.

—Chastity se casó con un hombre que la llevó al altar sobre sus hombros y luego la *animó* a hacer sus votos. No es dada a los nervios, especialmente con los hombres poco ortodoxos.

—Eres un hombre afortunado.

—Lo soy. Si necesitas más ayuda, no dudes en pedirla—afirmó Stirling.

Valan le dio las gracias, se despidió y encontró a su pupila y a su carabina esperando en el carruaje, con las cajas apiladas en lo alto del vehículo.

La señorita Matheson chilló de alegría cuando entró en el carruaje y cerró la puerta. Valan se sentó en el asiento de enfrente.

—Señorita Matheson, le pido que se comporte como corresponde a una dama. Se dará cuenta de que la señorita Stone permaneció tranquila mientras yo entraba en el carruaje. Por favor, siga su ejemplo.

—No puede esperar que todas las damas reaccionen exactamente igual, señor.

Valan golpeó el techo del carruaje, que pronto se puso en movimiento.

—En público, y en cuestiones de decoro, sí puedo esperar que se adhieran a modales similares.

Ella inclinó la cabeza.

—Pero en privado, ¿puedo comportarme con naturalidad?

—Puede hablar claramente conmigo, Srta. Matheson.

Ella hizo una mueca.

Él suspiró.

—¿Qué ocurre ahora?

—Si vamos a hablar claramente cuando estemos a solas, entonces debes llamarme Jennie.

—No lo haré—negó él—. Jeanine, bastará.

—Mi madre y mis hermanas me llaman Jennie—contestó ella.

—Esa es su prerrogativa—dijo él—. En público, o cuando tengamos invitados, te llamaré señorita Matheson. Cuando estemos en casa o solos, te llamaré Jeanine.

Dio una palmada.

—Y yo te llamaré Valan.

Negó con la cabeza.

—En público, te dirigirás a mí como «mi señor» o «Lord Northington», o incluso «señor». En privado, te dirigirás a mí como «señor» o «mi señor».

Ella arrugó la nariz.

—No me parece justo que puedas llamarme por mi nombre de pila, pero yo deba llamarte siempre «mi señor» o «señor».

—Quien te haya dicho que la vida es justa, querida, te mintió.

Capítulo cuatro

Llegaron a casa y encontraron el té esperándoles en el salón.

Jeanine y la señorita Matheson se acomodaron en el sofá y Valan ocupó la silla a su izquierda. La señorita Stone sirvió y repartió las tazas.

—¿Qué hace un pupilo?—preguntó Jeanine.

Valan hizo una pausa mientras se llevaba la taza de té a los labios.

—No estoy muy seguro—

—Continuará su educación como una dama— dijo la señorita Stone—. Costura, pianoforte, organización de fiestas, quizás un poco de latín y francés. *Parlez-vous françaiss, mademoiselle*?—dijo en un francés impecable.

—Señorita Stone, me sorprende—comentó Valan.

—*Tu parles français comme un parisien*—dijo Jeanine.

—Señorita Matheson—señaló Valan, encantado. —Usted también habla francés como una parisina. ¿Dónde aprendió?

—De Lady Peddington, por supuesto.

—Seguramente usted hablaba el idioma antes de asistir a su escuela—insisitió él.

Jeanine sonrió y negó con la cabeza.

—No. Ella dijo que yo era una natural. No hablo con fluidez, pero me encantaría visitar París y practicar.

—Bueno, por la forma en que usted y la señorita Stone hablan francés, sería un crimen no ir—Miró a la señorita Stone—. ¿Es permisible un viaje a Francia para una pupila?

—Mucho, señor.

—Entonces está decidido.

Baldwin entró, llevando un solo sobre en una bandeja de plata.

—Perdone la interrupción, mi señor—Se detuvo frente a Valan—. Esto acaba de llegar para usted de parte de Lady Douglas. Su hombre espera una respuesta.

Valan dejó su taza de té, tomó el sobre y sacó la tarjeta del interior: Una invitación de Lady Douglas para un almuerzo íntimo mañana. Miró a Baldwin.

—Por favor, dígale al hombre que le informe a Lady Douglas que la señorita Matheson y la señorita Stone estarán encantadas de asistir a la fiesta.

—Como desee, señor—Baldwin hizo una reverencia y se fue.

—¿Una fiesta?—Dijo la señorita Matheson.

Valan le entregó la invitación.

Ella escaneó la nota y luego levantó la vista.

—¿Cómo se enteró Lady Douglas tan pronto de que voy a ser su pupila?

—No vas a ser mi pupila—corrigió Valan—. Eres mi pupila. En cuanto a cómo lo supo tan rápido...—Pensó en Lord Gordon—La sociedad siempre encuentra una manera de difundir las últimas noticias.

—No estoy particularmente interesada en un almuerzo—dijo Jeanine.

—La Srta. Douglas ha tenido la amabilidad de extender la invitación en esta fecha tan tardía. Usted asistirá.

—¿No piensas asistir?—preguntó ella.

Él no había planeado asistir, y entonces se la imaginó paseando por el jardín y siendo abordada por un lobo que no sabía que era la pupila del marqués de Northington.

—Por supuesto, te acompañaré.

La picardía bailó en los ojos de Jeanine.

—Tienes miedo de dejarme ir sola, ¿verdad?

—Me temo que, te acompañe o no, tendremos nuestros desafíos.

—Debemos llevar a la señorita Stone, por supuesto.

—Por supuesto. A donde vaya usted, va la señorita Stone.

La dama parecía asustada.

—Perdóneme, mi señor, pero no tengo un vestido para esas grandes fiestas.

—Mmm—Miró a Jeanine—. ¿Puedo preguntar cuántos vestidos posee?

—Tres vestidos de baile y uno de día.

—Justo lo que pensaba—Valan miró el reloj de la chimenea: 5:45.

Se levantó y se dirigió a la pequeña secretaria situada cerca de la chimenea. Escribió una nota para la modista y luego tiró del timbre. Baldwin apareció antes de que él volviera a su asiento.

—Baldwin, por favor, haz que envíen esta nota a la señora Morgan. Vive al final de la calle Bryant, un modesto edificio de ladrillo, si mal no recuerdo. Espere una respuesta. Si puede venir ahora, por favor, tráigala—Le entregó la nota al mayordomo.

Baldwin se inclinó y se fue.

—No veo por qué hay que comprar vestidos nuevos—dijo Jeanine.

Valan volvió a su silla.

—¿Le robas a la señorita Stone el placer de los vestidos nuevos?

—Oh, tienes razón, por supuesto que no.

—Por supuesto.

—Valan buscó su té, luego decidió que era necesario algo más fuerte. Se dirigió al aparador y sirvió una buena dosis de whisky en un vaso de cristal.

—No tiene que preocuparse por mí, señor—dijo la señorita Stone.

Valan regresó a su asiento, agitó el licor y aspiró un poco antes de beber la mitad del líquido. La miró y sonrió amablemente.

—Como no voy a coser los vestidos, no es ninguna molestia para mí.

—Pero el gasto—comentó la señorita Stone.

Valan las miró.

—Me maravilla mi buena suerte de encontrar a las dos únicas mujeres de Escocia a las que no les importan los vestidos nuevos.

—Nadie dijo que no nos importaran—dijo Jeanine—. Pero, realmente, ¿cuántos vestidos necesita una mujer?

—¿Cuántos, en efecto?—repitió en voz baja.

* * *

Jeanine empezó a abrir la puerta de la biblioteca, luego se detuvo y llamó.

— Adelante—llamó el marqués.

Ella abrió la puerta. A pesar del clima sombrío, el rojo de la pintura de las paredes y los azules profundos de las cortinas daban a la habitación una sensación de calidez. A su izquierda, unas puertas francesas de cristal se abrían para dejar ver un pintoresco balcón. Frente a las puertas del balcón, los libros llenaban las estanterías de madera de cerezo hasta el techo. Una escalera de mano se apoyaba en los estantes a la derecha del escritorio del marqués, donde estaba sentado con una pluma en la mano. Había dejado de escribir su carta para observarla.

Ella sonrió.

—Me gusta esta habitación.

—Me complace profundamente—Su atención volvió a su carta—. ¿A qué debo el honor de tu visita esta mañana?

—¿Visitas? Vivimos en la misma casa.

—En esta gran casa, es concebible que no nos veamos durante semanas.

—¿Semanas?—Ella cruzó a la silla frente a su escritorio y se sentó—Eso es terrible. Te veré todos los días.

—Qué suerte para mí—comentó él, secamente.

—¿No deseas verme?

—Siempre me complace verte—dijo—. Pero supongo que estarás ocupada, con la fiesta de hoy y tus clases de latín y francés, la costura, las compras y las pruebas del vestido...—le dedicó una mirada— ¿Supongo que tienes más pruebas?

—La señorita Stone insistió.

Asintió con la cabeza y continuó escribiendo.

—¿Has revisado con la señorita Stone las últimas invitaciones a la fiesta?

Ella arrugó la nariz con desagrado.

—¿No puedo simplemente elegir una del montón? Son todas iguales.

—Perdóname, pero no son todas iguales.

Ella agitó una mano con aire.

—El baile, el champán, los salones de baile abarrotados, el faisán para cenar... son iguales.

Con un suspiro, él dejó la pluma y se recostó en su silla.

—Quizá haya algunas similitudes en la programación, pero le aseguro que eso no significa que todos sean iguales.

—Quieres decir que algunos son más importantes socialmente que otros.

Asintió.

—Algo que deberías recordar, si quieres encontrar a ese anciano caballero que quieres.

—¿Cuánto crees que tardaré en encontrar a ese caballero?

—¿Tienes prisa?—preguntó.

—No seré joven para siempre—dijo ella—. Ya tengo diecinueve años.

Él asintió con gravedad, pero el brillo de sus ojos le dijo que se estaba riendo de ella.

—Creo que tienes tiempo suficiente para encontrar a alguien antes de estar en la estantería.

—Ríete todo lo que quieras—dijo ella—. Hay muchas mujeres más jóvenes que yo, y más hermosas. No puedo permitirme perder el tiempo. Mis hermanas menores ya están casadas.

Él la miró.

—¿Te molesta que se hayan casado antes que tú?

—Por supuesto. Se supone que la hermana mayor se casa primero.

—Seguro que había algún joven con el que podías haberte casado.

—Siempre hay jóvenes para casarse. Pero quiero un caballero rico que...

—¿Que esté listo para aceptar su recompensa?—terminó él por ella—Este ha sido un plan tuyo desde hace algún tiempo, ¿supongo?

Jeanine asintió.

—Desde que mi madre decidió volver a casarse, hace dos años. Recién se casaron el año pasado, por eso supe que tenía que actuar.

Las cejas de sus señorías se alzaron con sorpresa.

—¿Tienes padre?

—Padrastro—corrigió ella—. No es para nada lo mismo.

—De cualquier manera, él tendrá algo que decir sobre con quién te casas—dijo el marqués—. Seguramente querrá que vuelvas a casa y encuentres un marido.

—Oh no, nunca podré volver a casa—Su mirada se fijó en la pequeña mesa de juego a la izquierda de la escalera—. ¿Es eso un tablero de ajedrez?

—Hay un tablero de ajedrez dentro de la mesa—afirmó él.

—Me gusta el ajedrez. ¿Quieres jugar conmigo alguna vez?

—Si quieres. ¿Por qué no puedes volver a casa?—preguntó él. Sus ojos pasaron por delante de Jeanine y ella se revolvió en su silla cuando un ligero golpe llegó a la puerta abierta. La señorita Stone estaba de pie en el umbral.

—Pase—dijo su señoría.

Jeanine se puso en pie de un salto cuando la señorita Stone se acercó.

—¿No está preciosa? La tela amarilla pálida complementa su complexión. El bordado de las mangas con volantes es perfecto. Insistí en que la señora Morgan le cosiera un vestido de día inmediatamente. Llegó anoche.

Los ojos de Valan se posaron en la señorita Stone.

—¿Y ella aceptó?—quiso saber.

La señorita Stone se detuvo frente a su escritorio.

—No, señor, no lo hice. De hecho, le indiqué a la señora Morgan que cosiera primero el vestido de la señorita Matheson. Cuando este vestido llegó ayer, le envié una nota exigiendo saber por qué había ignorado mis instrucciones.

Los ojos del marqués se desviaron hacia Jeanine.

—Tengo una idea de por qué.

—No se enfade—dijo Jeanine—. Debe estar de acuerdo en que la ropa de la señorita Stone es... oh, cuál es la palabra, anticuada... sí, eso es, su ropa es anticuada. Mientras que la mía solo no es tan lujosa como a usted le gustaría.

—Ni siquiera me habría puesto el vestido, milord—dijo la señorita Stone—, pero la señorita Matheson me amenazó con quemar mi ropa si no lo hacía.

—Es muy capaz de cumplir la amenaza—murmuró él.

La señorita Stone se llevó las manos a la cintura.

—Perdóneme por decirlo, señor, pero creo que lo es.

—Tal vez esa sea la amenaza que debería usar contra su ropa—comentó él.

—Dudo que funcione, señor—contestó la señorita Stone—. Ella solo idearía una manera de vengarse.

Las cejas de su señoría se dispararon.

—Me sorprende, señorita Stone.

—No puedo imaginar por qué, mi señor.

—Comprende usted el carácter de la Srta. Matheson mejor de lo que pensaba.

—No es difícil. Ella hace poco por ocultar sus acciones y motivaciones.

Miró a Jeanine y ella sonrió.

—No, no lo hace—dijo.

La señorita Stone se volvió hacia Jeanine.

—Debemos salir en media hora, si queremos llegar a la tienda de la señora Morgan a tiempo.

—Tal y como pensaba—El marqués recogió su pluma—. Me reuniré con ustedes, señoras, en el vestíbulo a las dos y media.

—¿No te veré hasta entonces?—preguntó Jeanine.

—Dije que esperaba que estuviera ocupada hoy, señorita Matheson.

Ella levantó un dedo.

—Prometió llamarme Jeanine en la intimidad de nuestra casa.

Una comisura en la boca se le crispó.

—En la intimidad de nuestra casa. Sí, Jeanine.

Ella sonrió.

—Muy bien, Valan.

Su mirada se agudizó.

—También dije que te dirigirías a mí como «señor» o «mi señor».

—Sí, eso es lo que dijiste—respondió ella, luego se dio la vuelta y se fue con la señorita Stone.

* * *

En el almuerzo, el marqués le permitió a Jeanine tomar dos copas de vino... bueno, técnicamente una copa, ya que cada vez llenaba la copa solo hasta la mitad. Ahora ella observaba cómo él jugaba al comercio con otros tres caballeros cerca del balcón, en una mesa situada en un rincón del enorme salón. Un sirviente apareció en la mesa y llenó las copas de los hombres con jerez y brandy, y luego se fue.

—Podrías traer un poco de whisky, muchacho—pidió el caballero grande a la derecha del marqués.

—¿El brandy francés no es lo suficientemente bueno para ti?—dijo el Sr. Phillips.

—El brandy está muy bien—dijo con un grueso rebuzno escocés—, pero un hombre necesita un licor fuerte cuando está apostando.

—Esto no es un infierno, MacLean—dijo Phillips.

El hombre sonrió.

—Depende de si estás ganando o perdiendo.

Jeanine echó un vistazo a la mesa de refrescos en el otro extremo de la sala. Había media docena de personas reunidas alrededor de la mesa. Tal vez podría acercarse y llenar su copa de vino sin que la echaran de menos.

—¿Dónde está la señorita Stone, señorita Matheson?—preguntó su señoría.

Jeanine se puso en marcha.

—Lady Douglas se la ha llevado.

—¿Se ha ido?—Él la miró.

—Sí—respondió ella—. Creo que Lady Douglas quería saber más sobre el anterior empleador de la señorita Stone.

En el instante anterior a que él volviera la mirada a sus cartas, ella vislumbró una extraña sonrisa. Por el rabillo del ojo, un destello rojo captó su atención. Se giró ligeramente y reconoció a Lord Gordon cuando entró en la habitación. Su brillante abrigo burdeos le hacía destacar como un loro entre gorriones. Pasó de largo detrás de un grupo de hombres.

No aprobaba que fuera la pupila del marqués de Northington, lo cual era una tontería. Cualquiera con ojos podía ver que el marqués no la había tomado como pupila para hacerla su amante.

—Señorita Matheson—dijo el marqués—, siéntese. Le enseñaré a jugar al comercio.

—¿De verdad?—gritó Jeanine. Me encantaría jugar.

Se puso de pie y dio un paso alrededor de su silla.

—Toma mi asiento.

Ella tomó la silla. Él la acercó a la mesa y luego hizo una señal a un criado para que trajera otra silla.

El escocés, sentado a su derecha, se puso de pie.

—No hace falta que pidas otra silla, Northington. Te has llevado mis últimas cien libras. Estoy fuera. Toma mi silla.

Su señoría hizo una ligera reverencia.

—Gracias, MacLean—Se sentó y luego acercó su silla a la de ella—. Phillips—señaló al *croupier*, que se sentó justo enfrente de ellos—, me sentaré en esta ronda. Por favor, reparte a la dama.

—Quizá la dama prefiera una partida de *blackjack*—dijo el apuesto caballero a su izquierda.

Jeanine empezó a poner los ojos en blanco, pero vio las cejas arqueadas del marqués. Le echó una ojeada por debajo de las pestañas y luego miró al caballero y sonrió con dulzura.

—Si se siente más cómodo con un juego de suerte, señor, le complaceré.

Se oyeron risitas detrás de ella.

—La señorita Matheson puede jugar al comercio si lo desea—dijo el marqués—. Prometí enseñarle.

El hombre volvió a mirar a Jeanine e inclinó la cabeza.

—Como desee, señora.

—El objeto del juego—comenzó el marqués.

—Oh, conozco el juego—afirmó Jeanine.

—¿De verdad? —dijo él—No me has dicho que sabes jugar.

—No me has preguntado—respondió ella mientras Phillips comenzaba el trato.

—Ahí te tiene, Northington—dijo un hombre detrás de ella.

Phillips puso tres cartas boca abajo ante cada uno de los cuatro jugadores, incluido él mismo, y luego puso tres cartas boca arriba para formar la viuda. Un as de corazones, dos de tréboles y un diez de diamantes. Colocó un billete de cincuenta libras en el centro de la mesa. Los otros dos hombres hicieron lo mismo, y el marqués tomó un billete de cincuenta libras de la pila de billetes que tenía delante y lo arrojó sobre el montón.

Phillips tomó el as, lo puso boca abajo en la parte inferior de sus tres cartas, luego tomó su carta superior boca arriba y la puso al lado de las otras dos cartas boca arriba. Se produjo un murmullo. Había cambiado el as de corazones por un rey de corazones. Querría recuperar esa carta.

Jeanine levantó las esquinas de sus tres cartas y las miró. Tres de espadas, reina de tréboles y un as de diamantes. El marqués se inclinó hacia ella.

Jeanine cubrió sus cartas y lo miró.

—¿Qué estás haciendo?

—No estoy jugando—dijo él—. Está permitido que me muestres tus cartas.

Ella negó con la cabeza.

—No quiero que tu expresión delate mi mano.

Más risas de los hombres.

Su señoría levantó una ceja.

—¿Está diciendo que no puedo controlar mi expresión?

—¿Me dejarías ver tus cartas si estuvieras jugando?

—Es justo que vea cómo te gastas mi dinero— replicó él.

Jeanine empezó a resoplar, pero se lo pensó mejor.

—No lo estoy gastando—respondió ella—. Es simplemente una apuesta.

El caballero rubio a la izquierda de Phillips cambió un cuatro de diamantes por el rey que Phillips había descartado. Bien. Era poco probable que Phillips pudiera conseguir el rey ahora.

Jeanine cambió su reina por el dos de tréboles. El apuesto caballero a su izquierda tomó su reina y dejó el cuatro de picas. La ronda había llegado a Phillips, y sacó otra carta de la baraja y la puso boca arriba con la viuda. Una jota de picas. Phillips colocó otro billete de cincuenta libras en la piscina. El jugador de su izquierda sacudió la cabeza y se reclinó en su silla. Janine buscó un billete de cien libras en la pila frente al marqués.

Él colocó una mano que se mantenía sobre la de ella.

—Quizá debería mostrarme sus cartas, señorita Matheson.

—Eso arruinaría el juego—dijo ella—. Si usted aprueba la apuesta, nadie me igualará y no ganaré tanto dinero—Él no se movió—. Si pierdo, usted perderá menos que el coste de ese chaleco.

Su expresión permaneció impasible.

—Creo que ya me debes el coste de un chaleco.

—Razón de más para que haga la apuesta.

Permaneció inmóvil durante dos latidos, y luego retiró la mano. Ella tomó el billete de cien libras y lo añadió a la quiniela.

El apuesto caballero que estaba a su izquierda colocó un billete de cien libras encima del suyo.

—Le ruego que no me eche en cara que sea yo el responsable de que le deba a lord Northington el precio de dos chalecos.

Ella se encogió de hombros.

—Como voy a ganar, eso no será un problema.

La apuesta volvió a Phillips. Se le aflojó la boca, pero añadió otro billete de cincuenta libras, y luego cambió la sota que acababa de poner por un seis de tréboles. La jugada era ahora de Jeanine y, con una sonrisa, dio un pequeño movimiento de cabeza. Siguieron dos rondas más antes de que el apuesto caballero recogiera un nueve y descartara un dos. Su mirada se fijó en la carta y, como era de esperar, cuando Phillips añadió una nueva carta a la viuda, un tres de diamantes, cambió un siete por el dos.

Jeanine se relajó contra su silla, intensamente consciente de los ojos de su señoría sobre ella. Cuando llegó su turno, miró al marqués, sonrió, y luego tomó otro billete de cien libras de su pila y lo añadió al fondo. Phillips palideció visiblemente. El apuesto caballero igualó su apuesta, pero no tomó ninguna carta.

La mirada de Phillips se fijó en la de ella.

—Como puede ver, señorita Matheson, no tengo dinero para igualar su apuesta. Supongo que aceptará mi marcador—Metió la mano en el bolsillo de su abrigo.

Jeanine negó con la cabeza.

—No, señor, no acepto apuestas de hombres que no pueden permitirse perder su dinero.

El rostro de Phillips enrojeció.

—Confunde la falta de dinero en mi persona con la incapacidad de pagar.

Ella se encogió de hombros.

—Entonces la próxima vez, traiga más dinero.

Phillips abrió la boca para replicar, pero la marquesa dijo:

—Es prerrogativa del otro jugador rechazar un marcador, Phillips.

—Ella solo rechaza mi marcador porque sabe que eso me eliminará del juego—espetó.

—Esa es una estrategia que probablemente le ahorrará mucho dinero esta noche—respondió su señoría, y luego le dijo a Jeanine:—Es su turno, señorita Matheson.

Ella alcanzó el montón de dinero del marqués. Esta vez, él no la detuvo cuando ella colocó cinco billetes de cien libras en la pila. Jeanine se encontró con la mirada del apuesto caballero.

Él inclinó ligeramente la cabeza.

—Renunciaré a la apuesta en su favor.

—Por supuesto que lo hará—Ella se rio—. No tiene dinero para igualar mi apuesta.

—Quizá no—dijo él—. Muéstrenos sus cartas.

Ella negó con la cabeza y volvió a reírse.

—No ha pagado por el privilegio de ver mis cartas.

—Es cierto—aceptó él—. Pero lo pido como un favor.

Jeanine se encogió de hombros y dio la vuelta a sus cartas.

Las risas y los murmullos surgieron entre los hombres.

—Derrotado por un as, dos y tres—dijo el apuesto caballero—. Es usted muy buena jugadora, señorita Matheson. ¿Puedo preguntarle dónde aprendió a jugar?

—Tengo seis primos, todos varones. Ellos me enseñaron.

—Por todo lo que es sagrado, Northington, ¿la dejas jugar?

Jeanine se giró ligeramente y miró a Lord Gordon. El abrigo burdeos era realmente horrible.

—¿Por qué no?—dijo el apuesto caballero—. Semejante talento no debería desperdiciarse.

—Esto es exactamente lo que me temía—señaló Lord Gordon.

—Estaba seguro de que era otra cosa lo que temías, querido—dijo el marqués.

Lord Gordon le ignoró de forma contundente.

—Señorita Matheson, ¿le gustaría tomar un vaso de ponche conmigo?

El apuesto caballero se puso de pie.

—Llega usted demasiado tarde, Gordon. La señorita ha accedido a dar una vuelta por la sala conmigo—Miró al marqués—. Con su permiso, por supuesto, mi señor.

Su atención se desvió hacia el apuesto caballero.

—No saldrá del salón.

—Por supuesto que no—El apuesto caballero le sonrió.

Ella se habría negado, pero recordó la mesa de refrescos al otro lado de la sala. Un escolta estaría bien, por no mencionar que el marqués probablemente no la dejaría ir demasiado lejos de su vista sola. Se levantó y los otros hombres se pusieron de pie mientras el marqués le acercaba la silla.

Jeanine se enfrentó al apuesto caballero.

—Oh, querido, no sé su nombre.

—Eso es culpa mía—dijo su señoría.

—¿Va a permitir que la señorita Matheson se vaya con un hombre que no le han presentado?—gritó Lord Gordon.

—No creo que sea tan grave—dijo Lord Northington—. Dar una vuelta por la habitación no es «irse» con alguien. Y estaba a punto de presentársela al señor Westland. Señor Westland, le presento a mi pupila, la señorita Matheson.

El señor Westland le tomó de la mano y se inclinó sobre sus dedos.

—Es un honor conocerla, Srta. Matheson.

—¿No está enfadado porque le he ganado a las cartas?—preguntó ella—Mis primos se enfadaban tanto cuando les ganaba que no jugaban conmigo durante semanas. Al final, necesitaban otro jugador y se veían obligados a pedirme que jugara yo.

El señor Westland sonrió.

—No me enfado en absoluto.

Ella sonrió.

—Bien. Si no, sería incómodo que anduviéramos juntos.

—En efecto—replicó él con una risa, y luego extendió un brazo. Jeanine puso su mano sobre la de él mientras se alejaban, y detrás de ella Lord Gordon dijo

—Debo protestar.

—Al menos no protestó mientras apuntaba con una pistola—murmuró Phillips.

La mesa se quedó en silencio y Jeanine miró por encima del hombro.

Su señoría miraba fijamente al señor Phillips, con una extraña sonrisa jugando en sus labios.

—No quise decir nada con eso—dijo Phillips.

—Oh, pero lo hiciste—comentó el marqués.

Jeanine miró al frente.

—Hablaré con su Excelencia sobre esto—oyó decir a Lord Gordon.

—Por supuesto que lo harás—dijo su señoría antes de que ella pasara de largo.

Capítulo cinco

Valan no hacía fiestas. Pero tampoco había tenido una pupila.

Pasó la semana fuera de casa para asegurarse de que todo el mundo supiera de la próxima fiesta, estuvieran invitados o no. Los momentos de respiro lejos de su otrora tranquilo hogar los pasaba en su club, donde nadie hablaba más allá de un murmullo, incluso en días como hoy, cuando los asientos estaban muy solicitados.

Valan leía su periódico en el tranquilo rincón cerca de la chimenea, pero notó que se acercaba el barón Rosemund, que reclamaba una silla vacía en la pequeña mesa redonda a la derecha de Valan.

—Muy amable por tener el brandy preparado para mí.

Brendan cruzó el espacio intermedio, levantó la jarra de Valan y llenó la copa vacía que estaba al lado de la copa llena de Valan.

—Lamento decirte que el brandy no era para ti—respondió Valan.

—Estoy herido—Brendan dejó la jarra, tomó el vaso lleno, se relajó contra su silla y apoyó el vaso en su pierna—. Estás dando mucho que hablar estos días. Dime que las últimas habladurías no son ciertas.

Valan ojeó la sección de negocios del periódico.

—A riesgo de parecer pomposo, ¿a qué último chisme te refieres?

Brendan le miró de reojo.

—Sí, es cierto—dijo Valan.

Brendan dio un sorbo a su brandy.

—¿Es guapa?

—Algunos dirían que sí.

—Esa es una nueva táctica para ti.

—Es mi pupila—afirmó Valan.

—Te conozco demasiado bien para creer que esto no es algo más—dijo Brendan sin rencor.

Valan se rio.

—Llevas una gran carga siendo mi amigo.

—Una tarea ingrata—respondió con humor irónico.

Valan bajó su periódico y lo miró.

—Perdona, fue una buena cena la que disfrutamos el mes pasado en Inverness... a mi costa.

Brendan levantó su vaso en señal de saludo.

—Muchas gracias—Bebió otro sorbo—. Si no tienes planes con la mujer, ¿qué podría inducirte a tomarla como tu pupila?

Volvieron veinte años atrás, cuando Valan encajó su pie calzado en el último peldaño del caballete que conducía a la ventana de la alcoba de Lady Victoria y se agarraba al alféizar de la ventana. Se levantó y balanceó los pies, y luego se enderezó en la habitación poco iluminada. Lo que le molestó no fue el frío metal de la pistola que tenía apretada en la nuca cuando se adentró en la habitación—si tuviera una hermana menor de edad y un hombre hubiera trepado por su ventana, habría hecho lo mismo—, sino la pistola que Gordon sostenía cuando salió del biombo de la habitación.

A pesar de los prolongados esfuerzos, Valan nunca supo cómo Gordon había descubierto que el padre de Valan se había pegado un tiro solo unas horas antes, dejando a Valan en la miseria. Lo único que su padre no había perdido en aquella partida de cartas era su castillo ancestral en la isla de Mull. Valan no había visitado el castillo desde entonces.

Como si fuera una señal, Lord Gordon entró en la sala de estar. Valan tomó su copa de brandy y volvió a centrar su atención en el periódico. Tres latidos más tarde, Lord Gordon entró en su vista periférica. Un instante después, se detuvo frente a él. Valan mantuvo su atención en el papel.

—Rosemund—dijo Gordon con una cortante inclinación de cabeza hacia Brendan, y luego hacia Valan—. Unas palabras contigo, Northington.

Valan mantuvo su mirada en el papel.

—Por supuesto.

—En privado, si quieres.

—No tengo secretos para Brendan. Di lo que quieras.

Pasó un momento de silencio, y luego Gordon dijo:

—Al menos hazme la cortesía de prestarme toda tu atención.

Valan levantó la mirada del papel.

—Perdóname. ¿Quieres sentarte? Puedo pedir una silla y otra copa de brandy.

—Puedes pedir... Puedo hacer que me traigan una silla, si así lo decido—espetó—. No necesito que le ordenes a uno de los lacayos.

—Difícilmente llamaría «lacayos» a los sirvientes de Brummell, y en todo caso no son mis lacayos—Dio un sorbo a su brandy y se quedó mirando, esperando.

Gordon se levantó como si fuera a luchar.

—He apelado al duque Roxburgh para que intervenga en favor de la señorita Matheson.

—No esperaba menos. Por favor, siéntate. Me preocupa que estés de pie mientras nosotros estamos sentados.

—Estoy satisfecho de pie —dijo—. Exijo que devuelvas a la Srta. Matheson a la escuela de Lady Peddington.

—¿Devolverla? Hablas como si fuera una propiedad. Me atribuyes demasiada influencia. Primero, los sirvientes de Brummell son mis lacayos, ahora soy dueño de la Srta. Matheson. Admito que una dama tiene sus usos agradables, pero soy lo suficientemente ilustrado para saber que no soy dueño de ninguna—.

Pensó en el deseo de Jeanine de casarse con un viejo y rico caballero con un pie en la tumba. Aquella joven no tenía intención de convertirse nunca en una propiedad.

—Sabes muy bien que la niña no comprende tus intenciones—indicó Lord Gordon—. Ella solo te ve como un generoso benefactor.

Valan sonrió.

—Una hembra inteligente, sin duda.

—Una inocente en las garras de un hombre que encanta a las mujeres con fines nefastos—espetó Lord Gordon.

—En efecto, soy culpable de eso. Pero quizás no en este caso.

—Te estoy dando la oportunidad de hacer lo correcto antes de que sea demasiado tarde —dijo Lord Gordon.

Valan se rió.

—Nunca dejas de divertirme. Tú, más que nadie, sabes que es demasiado tarde para que haga lo correcto.

—Te lo advierto—advirtió Gordon con los labios apretados.

—Estás exagerando, querido—dijo Valan—. Un brandy te vendría bien. ¿Estás seguro...?

—No, no quiero un maldito brandy—casi gritó Gordon.

Las miradas se dirigieron hacia ellos. Gordon lanzó una mirada fulminante a un hombre sentado en una mesa cercana, y luego se dio la vuelta y salió de la habitación.

—Te creo—dijo Brendan.

Valan le miró.

—Me complace tener tu confianza, pero ¿a qué debo tal honor?

—Tu pupila, cómo se llama, la señorita Matheson, está a salvo de tus garras masculinas.

—Tengo muchos defectos—dijo Valan—, pero mentir no es uno de ellos.

—Simplemente no dices nada—replicó Brendon.

Valan se encogió de hombros.

—Han pasado veinte años—dijo Brendon—. Pensé que lo habías olvidado.

Valan ofreció una sonrisa melancólica.

—Entonces, Brendan, no me conoces tan bien como creías.

* * *

Valan entró en su biblioteca y se dirigió directamente al aparador para servirse un brandy.

—Aquí tienes.

Miró a la derecha mientras la señorita Matheson entraba a toda prisa en la habitación con la señorita Stone siguiéndole a paso tranquilo.

Volvió a colocar la tapa del decantador, cruzó hasta su escritorio y se sentó.

—Buenas tardes, señorita Matheson. Señorita Stone.

La señorita Stone se detuvo ante su escritorio, con las manos juntas delante de ella.

Jeanine se sentó en la silla frente a su escritorio, y luego se puso de pie de un salto.

—Necesitamos una silla para usted, señorita Stone.

—Me conformo con estar de pie—dijo ella.

Los ojos de Jeanine se iluminaron en las sillas que rodeaban la mesa de juego.

Valan se levantó.

—Siéntate, Jeanine. Iré a buscar la silla.

Ella sonrió.

—Eres un galán.

—Apenas—respondió él—. Me temo que te caerás y te romperás el cuello si intentas llevar la silla—Llevó la silla al escritorio y la colocó a su izquierda—. Señorita Stone, puede sentarse.

Ella obedeció y él volvió a su lugar.

—¿Necesitan algo?—preguntó.

—No necesitamos nada—dijo Jeanine—. Bueno, a no ser que cuente como necesitar algo responder a una pregunta.

—Haz la pregunta y ya veremos—Dio un sorbo a su brandy.

—¿Se nos permite invitar a gente a la fiesta?

—¿Quiénes son los invitados?

—Mis amigas de la escuela de Lady Peddington.

—Sí—respondió—. Puedes invitarlas.

Ella sonrió.

—Ves, eso no fue tan difícil, ¿verdad?

—No lo fue.

—¿Has invitado a todos los que querías invitar?—preguntó ella.

—En su mayor parte.

—¿A quiénes has invitado?

—Dudo que conozcas a la mayoría—Hizo una pausa para llevarse el vaso a los labios—. ¿De dónde eres?

Ella rio.

—Qué curioso que me hayas hecho tu pupila y nunca me hayas preguntado dónde vivía.

—Creo que sí te lo pregunté aquella noche en el baile de Lady Peddington, pero no me lo quisiste decir—comentó, y se bebió la mitad del brandy.

—Tienes razón, por supuesto—Jeanine lo miró—. ¿Por qué me has hecho tu pupila?

—Es de buena educación responder a la pregunta que te han hecho antes de hacer otra—señaló él.

A ella le brillaron los ojos.

—Soy de Perth. Ahora, ¿por qué me hiciste tu pupila?

—Para ayudarte a encontrar un marido.

—Eso es una tontería—Miró a la señorita Stone—. ¿No es una tontería, señorita Stone?

—Tienes suerte de que su señoría se haya interesado por tu bienestar—respondió ella.

Jeanine agitó una mano.

—Oh, ya lo sé. Pero eso no cambia el hecho de que no tenía que interesarse. ¿Qué tipo de comida habrá en la fiesta? Por favor, no digas faisán. Todo el mundo sirve faisán.

—No tengo ni idea de lo que hay en el menú. Puede hablar con la Sra. McPhee, si lo deseas.

—¿Habrá baile?

Asintió con la cabeza—Sí.

—Me encanta bailar. Puedes bailar conmigo y con la señorita Stone también.

—Habrá muchos jóvenes deseosos de bailar contigo y la señorita Stone.

Ella negó con la cabeza.

—La señorita Stone puede bailar con ellos, por supuesto. Pero sabes que no estoy interesada en un jovencito.

Su boca se crispó.

—¿Les robarías el placer de tu compañía?

Ella resopló.

—No les interesa mi compañía.

—El señor Westland parecía disfrutar de tu compañía en el almuerzo. ¿No te pareció encantador?

—Es encantador—Lanzó una mirada de reojo a la señorita Stone—. Sin embargo, él disfrutaría mucho más de la compañía de la señorita Stone.

—Nunca podría sustituirte—declaró la señorita Stone.

—Por supuesto que podrías—dijo Jeanine—. ¿Te has fijado en el cabello de la señorita Stone, Grey? Es mi creación. Es encantadora, ¿verdad?

Comenzó.

—¿Cómo me has llamado?

Ella sonrió.

—Grey.

—Creo que dije que debías dirigirte a mí como «señor» o «mi señor».

—Lo hiciste, pero cuando estamos solos, eso es demasiado formal para una familia.

—Levantó una ceja—¿Familia?

Ella asintió con entusiasmo.

—No estamos solos—señaló—. La señorita Stone está presente.

—¿No es la señorita Stone parte de nuestra familia?—preguntó Jeanine.

—Supongo que sí—Valan levantó su copa hacia la señorita Stone—. Mis condolencias, señorita Stone—Terminó el jerez y comenzó a levantarse, pero se detuvo cuando entró Baldwin.

—Perdone la interrupción, mi señor, pero hay un problema con una entrega.

Valan frunció el ceño.

—¿Qué puede tener eso que ver conmigo?

—La señora McPhee está discutiendo con el repartidor y me temo que van a llegar a las manos.

—Si eso ocurre, entonces debemos compadecer al repartidor. ¿Cuál es el argumento?

—La Sra. McPhee insiste en que la entrega es demasiado. El repartidor jura que es la cantidad pedida para la fiesta.

—Usted es el mayordomo—dijo Valan—. Ocúpate del asunto.

La voz de la señora MacPhee se alzó en el pasillo. Le siguió la respuesta amortiguada de un hombre.

Valan clavó a Baldwin una mirada horrorizada.

—¿Se dirige realmente un repartidor a mi estudio?

—Está bastante decidido, mi señor—comentó Baldwin.

Las voces se acercaron y la Sra. McPhee irrumpió en la habitación con un hombre bajito y robusto pisándole los talones. Parecía pequeño al lado de su corpulento cuerpo.

—Está ahí, mi señor—. La señora McPhee se apresuró hacia su escritorio y se detuvo cerca de la silla de la señorita Stone.

El repartidor se detuvo junto a ella.

—Ya he tenido suficiente con este bribón— expresó el ama de llaves.

—No soy un malhechor—gruñó el hombre—. Solo quiero que me paguen por mi entrega.

Ella estrechó los ojos hacia él.

—No voy a pagar por algo que no he pedido.

El repartidor le sacudió un papel en la cara.

—No puedo vender las verduras frescas en ningún otro sitio. Se pudrirán.

—Ese es *su* error—dijo ella.

El hombre abrió la boca para rebatir, pero Valan se puso en pie y dijo:

—¿Puedo preguntar quién ha pedido las... verduras?

El hombre le tendió el papel a Valan. Valan lo tomó y escaneó la lista. Miró a la señora McPhee.

—¿Quién escribió la lista?

—Es la letra de Brenda.

—¿Brenda?—Valan buscó en su memoria— ¿Ella asiste en la cocina?

La señora McPhee asintió.

—Entonces sí pidió las verduras—dijo él.

Ella negó con la cabeza.

—Si se fijan en las cantidades, las han tachado y han escrito porciones más grandes. Este hombre está tratando de engañarnos.

—Yo no he engañado a nadie en mi vida—estalló el repartidor.

Valan volvió a mirar la lista.

—¿Es éste el primer pedido de verduras para la fiesta?

—Lo es—respondió la señora McPhee.

—De hecho, no parece que sea suficiente para los doscientos cincuenta invitados que hemos convocado—comentó—. Espero que al menos cincuenta cónyuges y amigos más acompañen a los invitados.

—Os dije que necesitabais más—intervino el repartidor.

—No compraré más verduras hasta estar segura de que necesitamos más—replicó la señora McPhee—. A su señoría no le gusta malgastar el dinero.

—Aunque le agradezco su consideración, señora McPhee, lo cierto es que malgasto el dinero, y con bastante frecuencia—dijo Valan—. Esto no me parece una cantidad exorbitante para gastar en verduras.

—No podemos confiar en un hombre que intenta estafarnos—insistió ella.

El hombre giró para enfrentarse a ella de frente y se vio obligado a mirarla.

—No permitiré que se cuestione mi honor.

—¡¿Honor?!—gritó ella—Los ladrones no tienen honor.

El hombre se acercó más. La Sra. McPhee preparó su puño y se lo clavó en la mandíbula. Él dio un tirón a la izquierda. Valan vislumbró el pie resbaladizo de la señorita Stone salir disparado justo antes de que el hombre tropezara con su pie y retrocediera dos pasos. Jeanine se puso en pie de un salto. El repartidor se estrelló contra la mesa de juego. La madera se astilló y las piezas del juego volaron por todas partes. Valan dio tres pasos y se detuvo a su lado.

—¡Ha roto tu mesa!—gritó Jeanine.

—Así es.

El hombre se incorporó y sacudió la cabeza. Empezó a ponerse en pie.

—Le sugiero que se quede en el suelo—dijo Valan—. La señora McPhee le supera en peso por lo menos en dos piedras.

El hombre lo miró y parpadeó.

—¿Qué?

—Como habrá adivinado, la señora McPhee no se echa atrás en una pelea—comentó Valan.

Los ojos aturdidos del hombre se le escaparon. Su rostro enrojeció y se puso en pie con dificultad.

—Exijo mi dinero.

—Pero qué sinvergüenza—murmuró sombríamente la señora McPhee.

—Baldwin—dijo Valan—, paga al caballero y acompáñalo hasta la puerta.

El repartidor mantuvo su mirada fija en la señora McPhee, que solo se dignó a echarle una mirada superficial al pasar. Valan miró su mesa de juego y suspiró antes de volver a su asiento. La señorita Stone, observó, estaba sentada primorosamente en su asiento, con las manos entrelazadas en el regazo.

—Señora McPhee…—dijo Jeanine un poco sin aliento—, nunca he visto nada tan valiente. ¿Cómo se las arregló para golpearlo tan fuerte? ¿No le duele la mano? Una vez le di un puñetazo a Willy, mi primo mayor, y me dolió la mano durante días.

—Utilizo la mano derecha para machacar la masa del pan—respondió el ama de llaves con orgullo—. Mi mano derecha es más fuerte que la izquierda.

—Tal vez debería empezar a golpear la masa de pan—comentó Jeanine.

—No si tienes la intención de golpear a alguien—contestó Valan.

La Sra. McPhee se incorporó.

—El hombre se merecía todo lo que le di.

—Un hombre casi siempre se merece lo que una mujer le da—dijo Valan—. Sin embargo... —Se interrumpió cuando una criada entró en la habitación a toda prisa.

—¡¿Dónde está el señor Baldwin?!—gritó la muchacha.

—Acaba de salir con el repartidor—afirmó la señora McPhee—. ¿Qué ocurre, Dora?

La chica lanzó una mirada nerviosa a Valan. Él levantó una ceja.

—El Sr. Baldwin querrá ver lo que ocurre en el salón de baile—tartamudeó ella.

—¿Me atrevo a preguntar qué sucede en el salón de baile?—preguntó Valan.

—Están trayendo sillas y mesas para la fiesta, pero a una silla se le ha roto una pata, a otra un brazo y una mesa está torcida—respondió la chica.

—Estoy rodeado de gente que pretende destruir todo lo que poseo—murmuró Valan.

La criada asintió con fuerza.

—Creo que tiene razón, mi señor. Pero eso no es todo.

—Que Dios me ayude—rogó—.

—Están trayendo velas. Demasiadas, creo.

—Una mesa o una silla rotas las perdonaré, pero no puedo permitir que se queme mi casa—dijo—. Me sorprende darme cuenta de lo incompetente que es mi personal.

—No somos incompetentes—dijo la señora McPhee—. Le salvé de ser estafado por ese repartidor. En cuanto a las sillas y las mesas, son viejas.

—¿Viejas?—repitió Valan—No tenía ni idea de que tuviera muebles «viejos».

—Hace quince años que no tenemos una fiesta—dijo el ama de llaves—. No mantenemos todas esas sillas y mesas en uso. Las bajamos del ático. Las que están en el salón de baile, bueno, algunas probablemente estén podridas.

—¿Realmente han pasado quince años desde que hicieron una fiesta?—preguntó Jeanine.

Él asintió lentamente.

—Eso parece.

Sonaron pasos en el pasillo. Un instante después, entró Baldwin.

—El repartidor se ha marchado—anunció.

—¿Hay alguna razón para este anuncio?— preguntó Valan.

—Hay otra entrega—respondió Baldwin.

—Me ocuparé de ello—La señora McPhee empezó a girarse.

—Señora McPhee—exclamó Valan—, le ruego que no golpee a este repartidor. Prefiero evitar que no se envíen mercancías desde Inglaterra porque todos los comerciantes de Edimburgo tienen miedo de mi ama de llaves. Baldwin, por favor, haz que traigan mi carruaje. Debo buscar ayuda antes de que sea demasiado tarde.

Capítulo seis

Valan llegó con la señorita Matheson y la señorita Stone a la casa de su prima y le indicó al criado que acompañara a las damas al jardín. Luego se dirigió al salón donde le dijeron que su prima descansaba. Con las piernas acurrucadas bajo las faldas en un diván de color amarillo pálido, Peigi apoyó la barbilla en su brazo, que estaba extendido sobre el respaldo del diván. Desvió la mirada de la ventana que daba al césped del este.

—Valan, qué sorpresa—Se enderezó y extendió una mano.

Él cruzó obedientemente la habitación, sujetó sus dedos y se inclinó sobre ellos.

—Tienes buen aspecto—dijo.

Ella suspiró. —Bueno, no estoy bien.

Valan se sentó en el extremo más alejado del diván.

—¿Estás enferma?

—No seas ridículo. Sabes que nunca estoy enferma. No, es Richard. Es insoportable.

—Ah, ¿qué ha hecho tu marido ahora?— preguntó Valan.

Ella hizo un mohín.

—No hace falta que actúes como si fuera él quien tuviera que tolerarme. Sé cómo son ustedes los hombres.

—¿De verdad?

—Sí, se protegen unos a otros.

—Si eso es cierto, es solo porque las mujeres son enemigos formidables.

—Ahí tienes—gritó ella—. ¿Por qué los hombres deben ver a las mujeres como enemigas?

—Dudo que pueda explicarlo a tu satisfacción—dijo él.

—Porque la noción es ridícula—respondió ella.

—Probablemente tengas razón. En cualquier caso, no he venido aquí para hablar de la mente masculina. Necesito tu ayuda.

—¿Mi ayuda?—Sus cejas se alzaron—Nunca he sabido que pidieras ayuda a nadie.

—Sea como sea, lo estoy haciendo ahora. Estoy planeando una fiesta y me gustaría que me ayudaras.

—¿Una fiesta?—Ella frunció el ceño—Tú nunca organizas fiestas.

—Reconozco que ha pasado algún tiempo.
Le miró.
—¿Qué estás tramando?

—No estoy tramando nada. Simplemente he tomado a una pupila y la estoy presentando en sociedad.

—¿A ella?—Peigi se puso rígida—Se equivoca, señor, si cree que voy a participar en su *affaire de coeur*.

—Esto no es un affaire—contestó suavemente.

—Nadie se dejará engañar por la pretensión, y mucho menos Ricardo. Sabes que nunca me permitirá asociarme con uno de tus amores ligeros. Además, te conozco demasiado bien.

—Por favor, dime, ¿qué sabes?

—Sé que no haces nada que no te beneficie. No te enfades—añadió rápidamente—. Todos tenemos nuestros defectos y ese es el tuyo. No obstante, te quiero.

—Te lo agradezco. Sin embargo, a pesar de tu... acertada valoración de mi carácter, la señorita Matheson es, efectivamente, mi protegida y nada más.

—No te creo.

—Querida, Peigi, ¿has notado entre mis, eh, defectos, que soy un mentiroso?

Su ceño se frunció.

—Bueno, no exactamente.

Levantó una ceja.

Ella puso los ojos en blanco.

—Oh, de acuerdo. Pero no es porque no seas capaz de hacerlo.

Él rio.

—Si vas a condenarme por lo que puedo hacer, en lugar de por lo que he hecho, podrías condenarme a la horca en este mismo instante.

Ella se estremeció.

—Nada tan dramático.

Inclinó la cabeza.

—Gracias. Ahora, espero que concedas a la señorita Matheson todo el respeto que se merece mi pupila.

Ella entrecerró los ojos.

—Te advierto, Valan, no me dejaré engañar. Si descubro que no es quien dices que es...

—Tus advertencias son injustificadas, querida. Recordarás que soy bastante estricto cuando se trata de tu reputación.

—Bueno—Peigi se alisó la falda—. Es cierto— Se rio—. ¿Recuerdas cuando desafiaste al pobre Sr. Nicholson a un duelo? Lo juro, estaba segura de que lo matarías y te verías obligado a huir a Francia... o peor, a las Colonias.

—Creo que eres tú la dramática ahora—dijo.

—En absoluto. Realmente fue una gran tontería de tu parte. Todo por un beso.

—Aunque yo no soy conocido por faltar a la verdad, tú sí. Ambos sabemos que fue más que un beso.

Sus ojos brillaron.

—No tanto como para merecer un duelo.

—No te equivoques, eso se debe solo al hecho de que lo desafié.

—Actúas como si no tuviera cerebro—dijo ella.

Él soltó una carcajada.

—En efecto, tienes cerebro. Eso es lo que te hace tan peligrosa.

Ella entrecerró los ojos.

—Ya veo. Las mujeres somos tus enemigas porque tenemos cerebro.

—Si solo tuvieran cerebro, no correríamos peligro—añadió él con otra carcajada.

Ella levantó la barbilla.

—No pueden culparnos por ser hermosas.

—En efecto, sí podemos. Pero olvida este tonto debate. Ven, quiero mostrarte a mi pupila.

—¿La has traído aquí?—preguntó Peigi.

—Por supuesto—Suspiró cuando sus ojos se entrecerraron—. Recuerda, Peigi, que no te comprometeré. Por favor, echa un vistazo y verás por ti misma que no es más que una niña—Se levantó y extendió una mano hacia ella.

—Nunca podré enfadarme de verdad contigo— Ella puso su delicada mano en la de él y permitió que la pusiera en pie.

La sacó del salón y la condujo a un pequeño estudio que daba al jardín. En el extremo izquierdo, la señorita Stone estaba sentada en un banco de granito junto a los rosales.

—Valan, tiene veinticinco años, si es que tiene un día, y es tan recatada. Puedo creer que no estás jugando con ella, pero...—Se interrumpió cuando la señorita Matheson apareció—.¿Qué...?—Ella lo miró—¿Ella?

Él asintió.

—Ella.

Peigi volvió a prestar atención a la ventana.

—Es muy hermosa. No puedes esperar que me crea...

—Espero que creas exactamente lo que te he dicho—interrumpió él.

Le lanzó una mirada sorprendida y luego observó a la señorita Matheson durante otro momento antes de apartarse de la ventana.

—¿Por qué necesitas mi ayuda con la fiesta? Tienes sirvientes.

—Todos son tontos—dijo él—. Destruirán todos los muebles que tengo y luego quemarán la casa en una pira funeraria.

—Señor Valan, estás de mal humor. ¿Qué ocurre?

—Me gustaría que este baile saliera bien— respondió él.

Ella lo estudió.

—Vas en serio.

—Lo estoy—respondió él. Sin embargo, ella dudó. Valan cruzó hasta el tirador de la campana cerca de la puerta y llamó a un sirviente.

—¿Qué estás haciendo?—preguntó Peigi.

—Presentándote a la señorita Matheson.

Un momento después apareció una joven criada y Valan le indicó que llevara a la señorita Matheson y a la señorita Stone al salón. Volvió con su prima a la habitación y, un momento después, la criada trajo a las dos mujeres.

Los ojos de Jeanine se encontraron con los suyos y su rostro se iluminó con una sonrisa.

—¿Has visto las rosas, Grey? Son las más hermosas que he visto nunca.

—No estamos en casa, Jeanine—dijo él—. Te dirigirás a mí como «señor» o «mi señor».

—Pero esta es la casa de tu prima. Es de la familia—Sus ojos se desviaron hacia Peigi—. ¿Es ella? Por supuesto, tú eres ella—continuó antes de que nadie pudiera responder. Jeanine se apresuró a cruzar la habitación hasta el sofá donde se sentaba Peigi. Hizo una bonita reverencia y luego dio una palmada—. Eres preciosa. Por supuesto, sabía que lo serías. Me gustaría tener el cabello rubio como el tuyo. El mío es simplemente castaño. Tu vestido azul complementa perfectamente tu cabello. ¿Te gusta el vestido de la señorita Stone? Oh, querida, no te hemos presentado a la señorita Stone. Qué mala educación—Jeanine miró a Valan.

—Estaba esperando a que terminaras, querida.

Arrugó la nariz.

—¿Es tu manera de decir que hablo demasiado?—Sonrió—Puede continuar, señor.

Él inclinó la cabeza en señal de agradecimiento, y luego dijo:

—Peigi, como debes haber adivinado, esta es mi pupila, la señorita Jeanine Matheson, y esta es su compañera, la señorita Stone.

La señorita Stone hizo una reverencia y murmuró:

—Mi señora.

—¿Le gusta el vestido de la señorita Stone?— preguntó Jeanine—La Sra. Morgan lo hizo para ella. Yo le hice el cabello, pero creo que usted podría hacerlo mejor.

Peigi parpadeó.

—¿Perdón?

—Su cabello está tan bien hecho que sé que puede ayudar a la señorita Stone con el suyo. Solo soy medianamente buena en el peinado de una dama.

—Por supuesto, sé cómo peinar a una dama— dijo Peigi—. Pero fue Matilda quien peinó el mío.

—Pero tú la dirigiste, estoy segura—dijo Jeanine—. Y no aceptarías nada menos que la perfección.

—Eso es cierto—confirmó Peigi.

Jeanine sonrió.

—¿Podrías peinarla para la fiesta? ¿Vas a venir, por supuesto?

Peigi miró a Valan y éste levantó una ceja.

—Bueno, querida—dijo él—, ¿vas a asistir?

Capítulo siete

Los siguientes diez días pasaron volando y Jeanine se sorprendió al comprobar que el marqués tenía razón. En su gran casa, solo lo vio media docena de veces, y de pasada. Había prometido asistir a la fiesta de esta noche, pero, aun así, era justo después del desayuno, y esperar hasta la noche parecía un tiempo interminable para no verlo. No hizo ninguna aparición y los esfuerzos de la señorita Stone por desviar su atención fueron inútiles.

—Tal vez podríamos comprar un abanico a juego con el vestido de marfil que vas a llevar—La señorita Stone terminó de rellenar sus tazas de té, luego devolvió la tetera a la bandeja y levantó su taza de la mesita—. La señora Morgan sugirió un abanico.

Jeanine se agarró al borde superior del respaldo del sofá y apoyó la mejilla en su mano.

—¿Crees que ya no le gusto a Grey?

—Claro que le gustas—dijo la señorita Stone—. ¿Qué te haría pensar lo contrario?—Se encontró con la mirada de Jeanine y dio un sorbo a su té.

—Nunca está cerca—respondió Jeanine.

—Es un hombre importante. Seguro que los negocios le mantienen ocupado.

Jeanine suspiró.

—Pero es casi como si me evitara.

—No he notado nada de eso—negó la señorita Stone.

—¿De verdad? ¿No estás tratando de tranquilizar mis sentimientos?

—No, señora. Nunca se me ocurriría ser menos que sincera contigo.

Jeanine sonrió.

—Eso es lo que más me gusta de ti, señorita Stone. No eres como tantos otros que solo dicen lo que les beneficia.

La señorita Stone sonrió con serenidad.

—Nunca he sido una buena mentirosa.

Jeanine se rio.

—Lo dices como si fuera algo malo.

—Hay veces que es mejor no ser comunicativo.

Jeanine hizo una mueca.

—Tienes razón, por supuesto. A menudo me meto en problemas por ser demasiado sincera.

—¿Estás segura de que no quieres ir de compras? Querrás complacer a su señoría luciendo lo mejor posible.

Jeanine levantó la cabeza.

—Tienes razón.

Cuarenta y cinco minutos después, entraron en una pequeña tienda que solo vendía los mejores abanicos de mujer. Jeanine no tardó más de diez minutos en elegir un abanico de hueso liso con un único colibrí pintado.

Salieron de la tienda y Jeanine enlazó los brazos con la señorita Stone.

—Vamos a hacer un recado especial, señorita Stone.

La señorita Stone miró a Jeanine, con una expresión de perfecta cortesía, y dijo:

—¿De verdad, señorita Matheson?

Jeanine asintió.

—Efectivamente.

Esperaron a dos parejas que pasaban por allí, y luego comenzaron a cruzar el paseo hacia su carruaje. Su lacayo, sentado junto al señor Potts, el conductor, los vio y se levantó del asiento del conductor. Bajó de un salto y abrió la puerta del carruaje.

Jeanine se detuvo con la señorita Stone y negó con la cabeza.

—Iremos a pie—Miró al conductor—. Señor Potts, ¿puede decirme dónde podemos encontrar una tienda que venda corbatas?

—Disculpe, señorita, ¿corbatas?

Ella asintió.

—¿Quiere ir a una tienda para hombres, señorita?

—Ahí es donde venden corbatas—dijo ella.

—¿Está segura, señorita?

—¿Seguro que es ahí donde venden corbatas de hombre?—preguntó ella—Por supuesto. ¿Dónde más podría comprar una corbata?

—No, señorita. Quiero decir, ¿está segura de que quiere ir allí? Las damas no suelen comprar en una tienda de ropa para caballeros—dijo él.

—Qué tontería—dijo ella—. Si no sabe dónde está la tienda, estoy segura de que puedo obtener la dirección de un transeúnte.

—No—se apresuró a responder él—. De hecho, conozco la tienda donde su señoría consigue sus corbatas.

—¡Perfecto!—gritó Jeanine—¿Dónde está?

Intercambió una mirada con el lacayo, que se encogió de hombros, y luego dijo:

—No está lejos. Las llevaré a usted y a la señorita Stone.

—Es un día demasiado bonito para ir a caballo. Iremos a pie. Indíquenos, por favor.

Sus ojos se abrieron de par en par con horror.

—No puedo dejar que caminen solas.

—No sea tonto—dijo ella—. ¿Dónde está la tienda?

Él negó con la cabeza obstinadamente.

—Su señoría me despedirá si la dejo caminar sola... después de golpearme, claro.

—El señor Potts tiene razón—dijo la señorita Stone—. Si estás decidida a caminar, nuestro lacayo debería acompañarnos.

Jeanine sonrió.

—Qué inteligente de tu parte.

El conductor finalmente les dio las indicaciones, pero dijo que seguiría con el carruaje para poder llevarlas a casa desde la tienda. Llegaron a la tienda en diez minutos y entraron. A la izquierda, dos sillas de cuero marrón se encontraban cerca de la ventana, separadas por una mesa que contenía una bandeja con una jarra de líquido ámbar y cuatro vasos. A la derecha, los estantes mostraban corbatas, sombreros y otros artículos de hombre en multitud de colores.

Un hombre alto y enjuto, que escribía en un libro de contabilidad, se encontraba detrás del largo mostrador en el extremo de la tienda. Levantó la vista y frunció el ceño.

—¿En qué puedo ayudarles?

Jeanine se acercó al mostrador con la señorita Stone al lado y dijo:

—Buscamos una corbata.

El hombre frunció el ceño.

—¿Seguro que están en la tienda correcta?

—Sí venden corbatas—dijo Jeanine—. Veo muchas en los estantes.

El hombre se puso rígido.

—Vendemos corbatas de *caballero*.

—¿Perdón?—dijo la señorita Stone—. Una corbata *de caballero* es exactamente lo que la Srta. Matheson está buscando. Está comprando para el marqués de Northington.

Los ojos del hombre se entrecerraron.

—Su señoría compra sus corbatas aquí. Pero estoy seguro de que se ha equivocado de tienda. Las damas que compran corbatas...

—Esta dama es la pupila de Lord Northington—interrumpió la señorita Stone.

El hombre parpadeó sorprendido y luego se le afinó la boca.

—Su señoría me envía un pedido cuando desea más corbatas. No envía a su protegida a comprarlas por él.

—No ha entendido nada—indicó Jeanine. —Gre-ejem…, su señoría no me ha enviado. Le estoy comprando un regalo.

—Creo que lo entiendo perfectamente, señorita.

—Estoy segura de que no—dijo la señorita Stone con una voz fría que sobresaltó a Jeanine—. A su señoría no le gustará saber que el hombre que le vende sus corbatas fue tan escandalosamente grosero con su pupila—Ella le miró por debajo de la nariz y esperó.

Quince minutos más tarde, salieron de la tienda con un precioso corbatín de color marfil, junto con otro de color azul oscuro, comprado por sugerencia de la señorita Stone. Ella dijo que el color complementaría los ojos oscuros de Grey, y Jeanine estaba segura de que tenía razón. Su carruaje estaba esperando frente a la tienda, con el señor Potts en el asiento del conductor y el lacayo en la puerta. Él abrió la puerta cuando se acercaron, pero Jeanine se detuvo al ver otra tienda al otro lado de la calle. Un cartel sobre la puerta decía Branby's Furniture y en el escaparate se exhibían sillas y mesas.

—Hay una tienda al otro lado de la calle a la que me gustaría echar un vistazo—dijo Jeanine, y se dirigió hacia la calle.

—Señorita—gritó el señor Potts—, debo protestar. Su señoría no querría que anduviera por la ciudad sin escolta.

—Entonces no corramos el riesgo de molestarle—Ella agitó una mano despectiva—. La señorita Stone me acompaña, y usted y el Sr. McKinnon están a pocos pasos.

El señor Potts saltó de su percha y se apresuró a la acera mientras Jeanine y la señorita Stone cruzaban la calle. Llegaron a la tienda y entraron. La habitación estaba muy bien amueblada, con dos sillas, un sofá, dos mesas con lámparas y un aparador en el que había una jarra de cristal y media docena de vasos.

Un hombre de aspecto apolíneo salió de una puerta con cortinas situada detrás de un mostrador en el extremo izquierdo de la habitación y se detuvo.

—¿Puedo ayudarle?

—Esperaba comprar una mesa para Lord Northington—dijo Jeanine.

El hombre frunció el ceño.

—¿El marqués de Northington?

Ella asintió.

—Pero parece que no tiene lo que quiero.

El tendero se incorporó.

—Mi tienda solo tiene muebles de la más alta calidad. Tal vez algo en la Glenmore Street sería más de su gusto.

—La señorita Matheson es la pupila del marqués de Northington—afirmó la señorita Stone—. Ella no compra en la Glenmore Street.

El hombre frunció el ceño.

—No había oído que tuviera una pupila.

—Lo ha hecho—dijo la señorita Stone con voz fría—. De hecho, va a dar un baile en su honor esta misma tarde.

La cabeza del hombre se movió en dirección a Jeanine.

Ella asintió con entusiasmo.

—Tal vez le gustaría venir.

Sus ojos se abrieron de par en par.

—No estoy segura de que a su señoría le guste— dijo la señorita Stone.

—Dijo que podía invitar gente—comentó Jeanine.

—Dijo que podías invitar a las amigas de la Escuela para Señoritas de Lady Paddington—señaló la señorita Stone.

Jeanine hizo un gesto despectivo con la mano.

—Oh, vamos. No hay ninguna diferencia— Sonrió al comerciante—. ¿Seguro que le gustaría venir? Ya sabe dónde vivimos, por supuesto.

El hombre permaneció mudo, pero negó con la cabeza.

—No importa—dijo ella—. Puedo anotarlo para usted. Es una pena que no tenga una mesa de juego. Verá, tenía una mesa de juego, pero se rompió, y es culpa mía porque la señora McPhee y el repartidor se pelearon.

—¿Una pelea?—repitió el hombre.

Ella asintió.

—La señora McPhee se enfadó con el repartidor porque estaba segura de que intentaba engañar a Grey. Me gusta la señora McPhee, pero creo que fue un error. El repartidor entregó demasiadas verduras… según la señora McPhee, ya sabe. Gre…, su señoría dijo que no creía que fueran suficientes verduras. Tuvieron un terrible altercado y la Sra. McPhee le dio un puñetazo en la mandíbula.

—¿Le dio un puñetazo en la mandíbula?— repitió el hombre.

—Exactamente—dijo Jeanine—. La señora McPhee utiliza su mano derecha para amasar la masa, lo que significa que es muy fuerte. Creo que eso es muy afortunado, pues una mujer debe ser capaz de defenderse. ¿No está de acuerdo?—Ella sonrió antes de que él pudiera responder, y añadió:— Por supuesto que sí. Cuando la señora McPhee le dio el puñetazo al repartidor, éste se estrelló contra la mesa de juego del marqués. Así que, si no fuera porque estaba organizando esta fiesta en mi honor, el repartidor nunca habría venido, y él y la señora McPhee nunca se habrían peleado, y la mesa no se habría roto. Eso hace que sea mi culpa. Él no se quejó, el marqués, quiero decir,, pero no lo haría, porque sus modales son demasiado buenos—Dirigió una mirada a la señorita Stone—. ¿No es así, señorita Stone?

—En efecto, lo es—respondió ella.

—Ahí está—dijo Jeanine—. La mesa era muy bonita, así que es justo que la sustituya—Suspiró—. Ojalá usted tuviera una.

El tendero parpadeó.

—Pero tengo una.

—¿La tiene?—exclamó ella—¿Por qué no lo dijo desde el principio?

El hombre miró impotente a la señorita Stone, que se encogió de hombros. Suspiró con evidente resignación y dijo:

—Si me siguen, por favor—y se dio la vuelta.

Las condujo a través de la puerta con cortinas hasta un gran almacén repleto de muebles. Se movieron entre las apretadas filas y ella vio la mesa de juego junto a un horrible diván verde. Cuando llegaron a la mesa, Jeanine supo que era exactamente lo que había estado buscando. El tablero de mármol a cuadros blancos y negros era impecable. La madera oscura, de cerezo, supuso, complementaba perfectamente el mármol. Un cajón en el lado izquierdo podría servir para guardar las cartas y las piezas de ajedrez, mientras que un estante inferior proporcionaba almacenamiento adicional.

—Es preciosa—respiró ella—. ¿Te gusta, señorita Stone?

—Creo que su señoría estará muy satisfecho—dijo ella.

Jeanine miró al tendero.

—¿Puede entregarla hoy, por favor?

—¿Hoy? Tendría que llamar a un repartidor.

Jeanine se rio.

—Pero tenga cuidado de traer solo la mesa, o la señora McPhee es capaz de darle un puñetazo—Los ojos del hombre se abrieron de par en par y Jeanine añadió:—No hay que preocuparse. Me aseguraré de que entienda que van a entregar la mesa. Por favor, diga que puede hacerlo hoy. Sería un gran favor, ya que el baile es esta noche y tengo muchas ganas de sorprenderle antes. Debo darle la dirección. Así sabrá dónde acudir a la fiesta de esta noche.

—Estoy seguro de que el marqués de Northington no me incluiría en su lista de invitados—dijo el tendero.

—¿Por qué no? La fiesta empieza a las ocho. Nadie llega a las ocho, creo, si quieren estar a la moda, claro. Pero, por supuesto, usted lo sabe. Volvió a sonreír y se preguntó por qué el tendero se había puesto pálido.

Capítulo ocho

—Eres muy inteligente al sugerir un paseo por el parque—Jeanine giró su rostro hacia el sol y disminuyó su marcha junto a Lady Guilford. Cerró los ojos y se concentró en el suave calor que parecía penetrar en sus huesos—. Creo que estaba distrayendo a la pobre señorita Stone buscando algo que hacer. Debe estar contenta de pasar un tiempo lejos de mí.

—Caminar es muy bueno para la salud—dijo Lady Guilford.

Jeanine abrió los ojos a tiempo para evitar un gran bache en el camino.

—Mi madre suele recorrer el camino desde nuestra casa hasta el pueblo—señaló.

—¿Dónde está su pueblo?—preguntó Lady Guilford.

—Perth.

Una joven pareja pasó junto a ellas. Lady Guilford los reconoció con un elegante movimiento de cabeza y ellos respondieron de la misma manera.

—¿Su madre le permitió venir sola a Edimburgo?—preguntó cuando pasaron junto al hombre y la mujer.

Jeanine negó con la cabeza.

—Joshua me trajo... bueno, él y mi hermana menor y su marido. Supongo que eso significa que Rebecca y su marido fueron quienes me trajeron. Aunque la carreta era de Joshua y él la conducía.

—¿Quién, por favor, es Joshua?—preguntó Lady Guilford.

Jeanine vio una mariposa revoloteando sobre un parche de exuberante brezo, justo al lado del camino.

—Un muchacho con el que crecí—dijo mientras se acercaban, y la mariposa se alejó revoloteando.

Lady Guilford la miró de reojo.

—Fue muy amable este amigo de la infancia al traerte hasta Edimburgo.

—Es muy amable en ese sentido.

—Ya veo. ¿Te llevará de vuelta a casa?

Jeanine la miró bruscamente.

—No pienso volver. Grey prometió ayudarme a encontrar un marido mayor.

Lady Guilford levantó una ceja.

—¿Un marido anciano?

Jeanine asintió.

—Sí. Pienso usar su dinero para abrir una escuela como la de Lady Peddington.

Detrás de ellos, se acercó un chirrido de ruedas y un faetón pasó junto a ellos por un camino de carruajes a su izquierda.

—Supongo que Joshua no aprueba la idea de que dirijas una escuela de señoritas—comentó Lady Guilford.

Jeanine hizo una mueca.

—En absoluto. Cree que las damas deben quedarse en casa para cocinar, limpiar y tener a los hijos de su marido.

—No podía estar contento de que prefirieras Edimburgo a casarte con él.

—No se alegró en absoluto—Jeanine se sorprendió a sí misma y frunció el ceño—. Me has engañado. Eso fue poco amable de tu parte.

—En absoluto—respondió Lady Guilford—. ¿Hay alguna razón por la que quieras mantener en secreto el hecho de que tienes un admirador?

—No—dijo Jeanine, evasiva.

Lady Guilford la miró fijamente y esperó.

Jeanine se relajó.

—Es que, si no encuentro un caballero con el que casarme, tendré que volver a casa y casarme con Joshua. Estaría atrapada en su casa de campo todo el día con una docena de sus hijos.

—Quizás no una docena—dijo Lady Guilford con una media sonrisa.

—Uno es demasiado—dijo Jeanine.

Lady Guilford esquivó una piedra.

—¿No quieres tener hijos?

—Son un gran problema—afirmó Jeanine—. ¿Tiene usted hijos?

—No.

—Ya está. Lo entiendes.

Lady Guilford asintió con la cabeza, pero algo en la ligera inclinación de su boca hizo que Jeanine se detuviera.

—Seguramente, hay otros hombres para elegir además de Joshua—dijo Lady Guilford—. Eres joven. Vete a casa y deja que los jóvenes te cortejen.

Jeanine negó con la cabeza.

—Oh, nunca podré volver a casa—respondió Jeanine—. Mi madre se ha vuelto a casar.

—Tu madre se ha vuelto a casar—comenzó a decir Lady Guilford, pero se interrumpió cuando un hombre giró hacia el camino que había delante.

Se acercó. Algo en él le resultaba familiar. Lady Guilford susurró palabras ininteligibles en voz baja.

Al instante siguiente, Jeanine reconoció a Lord Gordon. Levantó una mano y saludó, luego las llamó mientras aceleraba su paso.

Llegó hasta ellas y se vieron obligadas a detenerse cuando se paró y se inclinó.

—Lady Guilford, es un placer verla.

—Lord Gordon—respondió ella con voz fría.

Él pareció no darse cuenta y miró a Jeanine.

—Un placer verla, señorita Matheson. No sabía que le gustara caminar.

Jeanine siguió el ejemplo de Lady Guilford y respondió en tono distante:

—Por supuesto, a todo el mundo le gusta caminar.

Él sonrió.

—Muy cierto. ¿Puedo tener el placer de su compañía durante el resto de su paseo?—La pregunta parecía dirigida a Jeanine, lo que le pareció grosero, ya que debería haberse dirigido a Lady Guilford.

—Pronto regresaremos a casa—dijo Lady Guilford.

—Será un placer acompañaros hasta donde vayáis—replicó él, claramente ajeno a sus reticencias.

Para sorpresa de Jeanine, él se puso a su derecha y alzó un brazo hacia ella. Jeanine miró a Lady Guilford en busca de aprobación. Ella asintió secamente y Jeanine se preguntó si había hecho algo mal, pero deslizó su mano en el pliegue del brazo de él.

—¿Cómo está Lord Guilford, mi lady?— preguntó, y cubrió la mano de Jeanine con la suya mientras avanzaban.

—Bastante bien, gracias—dijo ella.

Jeanine resistió el impulso de soltar su mano de la de él mientras él parloteaba sobre el tiempo, lo encantadoras que estaban ambas y confirmaba que seguían gozando de buena salud.

—Debe estar muy ocupada con los planes para el baile que su primo organiza esta noche, Lady Guilford.

Ella soltó una risa despreocupada.

—No más de lo habitual.

—Creo que todo Edimburgo está hablando de la fiesta—dijo él.

—Seguramente será el baile de la temporada—respondió ella con indiferencia.

—Con usted al frente, el éxito está asegurado—aseveró él—. Señorita Matheson, debe estar deseando que llegue esta noche.

—Oh, sí. Creo que nunca he asistido a un baile tan grande. Grey dice que deben asistir al menos trescientas personas. No estoy segura de que en su salón de baile quepa tanta gente.

Lady Guilford le lanzó una mirada de advertencia y dijo:

—Por supuesto que sí.

Un carruaje pasó con estrépito seguido de dos hombres a caballo.

—Es ciertamente más grande que cualquier otro baile al que haya asistido—dijo Lord Gordon.

—No puedo creer que Gre...

Lady Guilford la miró con dureza.

Jeanine se dio cuenta de su error y corrigió:

—Su señoría conoce a tanta gente.

—Es el marqués de Northington y sexto conde de Edmonds—dijo Lord Gordon—. Conoce a todo el mundo.

—¿Es un conde, además de marqués?—Jeanine se rio—No lo sabía.

Llegaron a una Y en el camino. A la izquierda, llevaba al pueblo. A la derecha, su carruaje esperaba al borde de los árboles más adelante. Giraron a la derecha. Cuando se acercaron al carruaje, el conductor abrió la puerta y se hizo a un lado.

Lord Gordon ayudó a Lady Guilford a subir al carruaje, y luego a Jeanine. Agarró la puerta, luego dudó y dijo:

—Perdone que me adelante, señorita Matheson, pero espero poder visitarla pronto en Finley Hall.

Jeanine se puso en marcha.

—Tendría que hablar con Valan sobre eso—intervino Lady Guilford—. El baile es esta noche, así que está ocupado, por supuesto, y creo que tiene asuntos hasta la próxima semana.

El rostro de Lord Gordon se desplomó y dijo con una voz tan desolada:—Por supuesto—que Jeanine preguntó:

—¿Nos veremos en el baile?

La esperanza iluminó su expresión, y ella se sintió aliviada cuando él miró a Lady Guilford en busca de confirmación.

—Por supuesto que vendrás—dijo ella, pero sus palabras carecían de calidez.

Él sonrió.

—Muy amable de su parte. No se me ocurriría perdérmelo. Hasta esta noche.

Cerró la puerta y Lady Guilford miró por la ventana mientras el carruaje pasaba entre los árboles. Llegaron a la calle y el silencio se cerró sobre Jeanine.

—He hecho algo malo, ¿verdad?—dijo.

Lady Guilford la miró.

—¿Perdón?

—Sé que me olvido de llamar a Grey «su señoría» cuando estamos en público. Me dijo que debía hacerlo, pero su nombre sale de mi boca antes de que me dé cuenta. Lo siento. Sé que es muy impropio.

—Debes tratar de recordar. Valan no quiere ningún escándalo asociado a ti.

—¿Por qué habría un escándalo asociado a mí?

Lady Guilford dudó.

—No lo habrá, mientras te comportes adecuadamente.

Jeanine la miró.

—No te gusta mucho Lord Gordon. Creo que a Grey tampoco le gusta. Debo admitir que puede ser molesto.

—Es mucho más que molesto—dijo Lady Guilford en voz baja.

—¿Por qué crees que pidió visitarme?—preguntó Jeanine.

Lady Guilford resopló.

—Porque no puede tolerar que Valan tenga algo que él no tiene.

Jeanine frunció el ceño.

—Se refiere a mí.

El asombro cruzó el rostro de Lady Guilford.

—Saca mis palabras de tu mente. Estoy hablando fuera de lugar. Algo que Valan no perdonará rápidamente.

—No tengo que decirle que has dicho eso. No es que importe—añadió Jeanine—. No tengo ni idea de lo que quieres decir.

—Entonces no hay daño—respondió ella—. No volvamos a mencionarlo.

—Si tú lo dices—dijo Jeanine, pero no pudo evitar pensar que sí se había hecho un daño.

* * *

Valan entró en su casa y se detuvo en el vestíbulo. El bullicio de los preparativos de la fiesta se filtraba por toda la mansión. El murmullo indistinto de las voces, el traqueteo lejano de las ollas, los pasos rápidos. Estaba claro que la mayor parte del trabajo ya estaba hecho. Las cosas estaban tranquilas en comparación con la tensión y el aire de agitación que había impregnado la casa hasta ayer.

Caminó por el pasillo hasta su biblioteca y entró, cerrando la puerta tras de sí. El débil ruido se interrumpió y descendió la tranquilidad. No estaba seguro de que sobreviviría a los preparativos, pero lo hizo. Se dirigió al aparador situado contra la pared a la derecha de la chimenea, y se detuvo al ver la nueva mesa de juego situada donde había estado su antigua mesa de juego.

No recordaba haber comprado una mesa nueva. Valan se acercó a la mesa y la miró fijamente. Pasó un dedo por el exquisito mármol incrustado. La mesa bien podría ser más fina que la que había tenido, aunque no hubiera pertenecido a su familia por tres generaciones.

Abrió el cajón de la izquierda y encontró en su interior las cartas y piezas de juego que habían llenado el cajón de la otra mesa. Baldwin debió tomarse la libertad de cambiar la mesa, lo que le sorprendió. Baldwin conocía los gustos de Valan tan bien como él mismo, y el mayordomo no había fallado en este punto, pero Valan nunca había sabido que tomara tanta iniciativa. Aun así, no podía quejarse.

Sonó un golpe en la puerta y Baldwin entró.

—Perdone la interrupción, señor, pero tiene usted una visita. El barón Rosemund.

—Hágalo pasar—dijo Valan. Baldwin empezó a girarse y Valan dijo:—Baldwin, debo agradecerte la mesa de juego.

El mayordomo negó con la cabeza.

—Yo no le conseguí la mesa, señor. Creo que fue obra de la señorita Matheson.

—¿De verdad?—contestó Valan—. Las maravillas no cesan.

Baldwin se marchó y un momento después reapareció con Brendan. Baldwin se inclinó y cerró la puerta al salir.

—Creo que Baldwin se vuelve más adusto cada año—dijo el barón—. ¿Cuánto tiempo hace que lo empleas?

—Quince años—dijo Valan.

—Tal vez eso explique su estado de ánimo sombrío.

Valan le dirigió una mirada seca y luego se dirigió al aparador.

—¿Has venido aquí simplemente para abusar de mí?

Brendan se rio.

—Perdóname. Pero debes admitir que tengo razón.

Valan sirvió dos copas de jerez.

—No debo admitir nada de eso. La fiesta es esta noche, querido. Llegas muy temprano y no estás vestido para la noche. No me digas que estás aquí para decir que no puedes asistir. Tengo planes para ti esta noche.

Cruzó hasta su escritorio, le entregó a Brendan una de las copas y luego le indicó las sillas que estaban frente al fuego bajo de la chimenea.

—Saber que tienes planes para mí es suficiente para que me dé fiebre y me eche a llorar —dijo el barón mientras se acomodaba en una de las sillas—. ¿Cuáles son esos planes?

—¿Qué gracia tendría que te lo contara?— respondió Valan.

—Ninguna para ti, imagino. Vengo a preguntarte si te has enterado de que Latham se ha ido de Edimburgo.

Valan dio un sorbo a su jerez.

—Creo que sí he oído ese chisme.

—Me temo que es más que un chisme, Valan. No se le puede encontrar en ninguna parte.

—Solo hay que saber dónde buscar—dijo Valan.

Los ojos de Brendan se entrecerraron.

—Tú sabes dónde está.

—No solo sé dónde está, sino que lo envié allí.

Brendan soltó un suspiro.

—Entonces no tenemos que preocuparnos por nuestra inversión.

—No es necesario—dijo Valan—. Aunque Latham ya no se encargará de nuestros asuntos.

—¿Qué? Pero dijiste... ¿Qué has hecho?—preguntó Brendan.

—Es mejor que no preguntes—respondió Valan—. Solo descansa que nuestras inversiones están ahora en manos de alguien que no intentará robarlas.

La sorpresa se reflejó en el rostro de Brendan.

—¿Malversación?

—Intento de malversación—dijo Valan.

—¿Quién está al mando ahora?—preguntó el barón.

Valan tomó otro sorbo de jerez y sonrió.

—¿No vengas a decirme que te estás encargando de los envíos?—dijo Brendan—Por Dios.

—¿Debo ofenderme?—preguntó Valan.

—¿Qué?—Brendan sacudió distraídamente la cabeza—No, es solo que estoy en *shock*. Malversación, y tú dirigiendo la empresa.

—Solo el tiempo suficiente para que recibamos el pago—dijo Valan.

—Todos se alegrarán de saber que te hiciste cargo y nos salvaste.

—No digamos nada todavía—dijo Valan.

Brendan le miró.

—Puede que Johnston no esté muy contento.

—Ni Anthony.

Brendan asintió.

—Lo dejaré todo en tus manos.

—Muy sensato. Ahora, ¿quieres...?

Se oyeron voces fuera de la puerta y se oyó un rápido golpe, luego se abrió la puerta y entraron Jeanine y la señorita Stone.

Jeanine agarró una caja plana. Cuando su mirada se encontró con la de Valan, su rostro se iluminó.

—Te dije que estaba aquí.

Se apresuró hacia él. La señorita Stone la siguió a paso tranquilo.

—Dios mío—murmuró Brendan.

Las damas los alcanzaron y Valan y Brendan se levantaron. Jeanine hizo una reverencia y miró a Brendan.

—Hola, señor.

—Brendan, esta es mi pupila, la señorita Matheson—dijo Valan—. Jeanine, te presento al barón Rosemund.

Brendan se inclinó sobre su mano.

—Un placer, Srta. Matheson.

—¿Cómo está usted, señor?—Jeanine respondió, y antes de que Valan pudiera presentar a la señorita Stone, Jeanine dijo:

—Esta es mi amiga, la señorita Stone.

Brendan se inclinó sobre su mano.

—Señora. Por favor, siéntese—le dijo a Jeanine—. Traeré una silla para la señorita Stone y para mí.

—Qué amable de su parte—dijo Jeanine—. Señorita Stone, siéntese usted. Ya me he sentado bastante por hoy.

La señorita Stone tomó la silla ofrecida y Jeanine se dirigió a Valan.

—¿Has visto la mesa? ¿No es preciosa? La encontramos hoy cuando estábamos comprando esto—Le extendió la caja.

Él la tomó.

—¿Qué es esto?

Ella sonrió.

—Ábrelo y descúbrelo, tonto.

Brendan no consiguió reprimir la risa. Valan quitó la tapa y se sobresaltó al ver dos exquisitas corbatas colocadas una al lado de la otra: una de marfil, la otra de un azul oscuro.

Miró a Jeanine.

—¿Para qué son?

—Son corbatas. Son para vestir—dijo ella.

Más risas bajas de Brendan, que había colocado otra silla junto a la de la señorita Stone.

—Así que, ya veo—dijo Valan—. ¿A qué debo el honor de este regalo?

—Mi madre dice que un hombre nunca puede tener demasiadas corbatas. Tenía la intención de comprar solo la de marfil, pero la señorita Stone dijo que la azul harían juego con tus ojos—Jeanine levantó la corbata azul y lo acercó a la sien de él. Sonrió—. Tenía razón, aunque no dudé de ella—Jeanine volvió a colocar la corbata en la caja—. ¿No te gustan? ¿Se equivocó mi madre, tienes demasiadas corbatas?

—Nunca   —afirmó—.   La   azul   es particularmente bonita, y no creo que tenga una de ese color. Gracias. ¿Nos sentamos?—Señaló su silla.

Ella negó con la cabeza.

—Solo hemos venido a darte las corbatas y a ver si te gusta la mesa. ¿Te gusta la mesa? No lo has dicho. Vaya, ¿hemos calculado mal? Estaba tan segura de que te gustaría.

—Si me permites explicarlo—dijo él—, es exquisita.

Ella sonrió.

—Sabía que te gustaría. Bueno, debemos irnos. Lady Guilford fue muy específica al decir que debíamos empezar a preparar la fiesta no más tarde de las seis—Jeanine se inclinó cerca de él y dijo en un susurro conspirador:—Es un poco aterradora.

Él se rio.

—En efecto, lo es.

—Pienso hacer un poco de trampa e ir primero a la cocina y pedirle a la señora McPhee algo de chocolate y pasteles—dijo Jeanine—. Pero debemos asegurarnos de que no tengamos chocolate en la boca cuando llegue Lady Guilford.

—Que el cielo no lo permita—aceptó él con toda seriedad.

—Si estás preparada, señorita Stone—dijo Jeanine.

La señorita Stone se puso de pie. Saludó con la cabeza a Valan y a Brendan, y murmuró:

—Señores…—y luego se dirigió hacia la puerta junto a Jeanine.

Jeanine se detuvo y miró a Valan por encima del hombro.

—¿Estarás en el baile?

—Por supuesto.

Ella asintió y se marcharon.

Valan recuperó su asiento junto a Brendan.

—No me lo creo—dijo Brendan.

—¿Creer qué, querido?

—No es en absoluto lo que esperaba.

Valan le miró.

—¿Qué esperabas?

—Bueno... una *femme fatale*, supongo.

—Dios, ¿por qué esperabas eso?

Branden levantó una ceja y sonrió.

—Porque, amigo mío, ese es el único tipo de mujer con el que te he visto.

—Ah, ya veo tu error—Valan terminó su jerez—. No estoy «con» la señorita Matheson.

Brendan se rio.

—¿Lo sabe ella?

Capítulo nueve

Jeanine escudriñó el abarrotado salón de baile.

—No veo a Grey por ninguna parte. ¿Y tú, señorita Stone? Tu altura superior te da ventaja.

—Me temo que no. Parece que todos los que recibieron invitación están aquí. Nunca he visto un salón de baile tan lleno.

—Oh, lo veo—dijo Jeanine—. ¿Es el que está en la esquina izquierda hablando con esa mujer pelirroja?

—Creo que tienes razón—comentó la señorita Stone.

—Será mejor que nos demos prisa antes de perderlo—dijo Jeanine, y empezó a avanzar.

La señorita Stone la siguió, separándose a menudo del camino cuando la gente no veía a Jeanine.

—Tienes mucha suerte de ser alta—dijo Jeanine.

—Si tú lo dices, señorita Matheson.

Bordearon una gran multitud de mujeres y Jeanine divisó al marqués con compañía.

—Está demasiado cerca de él. ¿No estás de acuerdo, señorita Stone?—dijo Jeanine en un susurro.

—Las damas de hoy son demasiado rápidas— dijo la señorita Stone con voz impertinente.

La mujer se inclinó aún más hacia él y se rio de algo que dijo. Jeanine y la señorita Stone se acercaron y él miró a Jeanine por encima de la mujer. Ella se detuvo frente a él con la señorita Stone a su lado.

Su señoría sonrió.

—Buenas noches, señorita Matheson.

—Buenas noches, señor—dijo ella.

Un guiño de diversión movió la boca del marqués.

—Lady Claire, le presento a mi pupila, la señorita Matheson. Jeanine, ella es Lady Claire.

Jeanine hizo una reverencia.

—Mi señora.

Lady Claire hizo una leve inclinación de cabeza.

—Y esta es su compañera, la señorita Stone—dijo el marqués—. Señorita Stone, le presento a Lady Claire.

La señorita Stone hizo una reverencia.

—Mi señora.

Lady Claire hizo una elegante inclinación de cabeza.

—¿Estás disfrutando de la fiesta?—le preguntó a Jeanine.

Ella asintió.

—Es muy emocionante. La señorita Stone ya ha bailado con dos caballeros.

El marqués sonrió amablemente.

—Qué suerte para los caballeros.

—Lady Guilford hizo las presentaciones—dijo la señorita Stone—. Los caballeros no podían hacer menos que sacarme a bailar.

—Eso no es así—Jeanine miró al marqués—. Estoy en lo cierto, ¿no?

—Bastante correcto—convino él. —Tenga la seguridad, señorita Stone, de que mi prima simplemente sabe cómo emparejar a los buenos bailarines.

La señorita Stone inclinó la cabeza en señal de asentimiento.

—Como usted diga, mi señor.

Jeanine divisó a un hombre alto y enjuto que estaba de pie justo al otro lado de la pista de baile, escudriñando el gran salón de baile.

—Qué grandioso. Mire, señorita Stone, es el señor Craig—Ella asintió en su dirección.

—¿Sr. Craig?—preguntó el marqués.

—Debo ir a buscarlo—dijo Jeanine.

—Permítame—dijo la señorita Stone, y se puso en marcha.

—¿Puedo preguntar quién es el señor Craig?— dijo su señoría.

—Por supuesto. No le sorprenderá—dijo Jeanine.

—Ruego que no, pero tengo curiosidad por saber cómo ha llegado a conocer a un caballero que yo desconozco.

Jeanine se rio.

—En realidad no lo desconoces. Es el dueño de la tienda donde compré la mesa de juego.

—¿Mesa de juego?—repitió Lady Claire.

—Sí—dijo Jeanine—. Tuve que cambiarla porque…

—Creo que podemos prescindir de contar esa tediosa historia—interrumpió Grey.

El corazón de Jeanine se desplomó.

—Está bien.

La señorita Stone llegó con el señor Craig. Hizo las presentaciones y el señor Craig se inclinó rígidamente.

—Mi señor, espero no molestar. La Srta. Matheson se empeñó en que asistiera. Si esto es una intromisión, lo entiendo.

—En absoluto—dijo el marqués—. La Srta. Matheson puede invitar a quien quiera. Es usted bienvenido a Finley Hall.

Jeanine captó la mirada de sorpresa que Lady Claire no pudo ocultar del todo.

El marqués le presentó el señor Craig a Lady Claire. El hombre se inclinó de nuevo y Jeanine se preguntó si podría partirse en dos.

La orquesta tocó un vals.

—Un vals—gritó ella—. Qué inteligente de su parte hacer que la orquesta toque un vals, señor. Esto es perfecto. Me prometió un baile.

Su señoría levantó una ceja.

—No recuerdo esa promesa.

—Oh sí, lo hiciste, y no puedes decir que lo has olvidado porque eres viejo, porque no lo eres.

—Pero si lo he olvidado, entonces debe ser por la edad.

Ella sonrió.

—Entonces admites que lo prometiste.

—Muy inteligente, querida, pero no admito nada de eso.

Ella se encogió de hombros.

—Supongo que, si no puedes recordar, tendré que conformarme con bailar con Lord Pomeroy.

—Lord Pomeroy no es el tipo de hombre con el que deberías bailar, especialmente el vals.

—Pero lo prometí. No puedo romper mi promesa.

Sus ojos se entrecerraron ligeramente, y luego se dirigió a Lady Claire.

—Tendrá que disculparme, Lady Claire.

Ella le hizo un bonito mohín, y Jeanine reprimió un giro de ojos cuando el mohín se filtró en su voz:

—Pero usted me prometió un paseo, mi señor— Le miró a través de las pestañas—. Estoy segura de que no habéis olvidado esa promesa.

Él le tomó de la mano y le rozó los dedos con los labios.

—No lo he olvidado. Pero eso tendrá que esperar—Le soltó la mano y se giró—. Señor —dijo al Sr. Craig, y luego a la señorita Stone—, señorita Stone.

Jeanine vislumbró el sobresalto en el rostro de Lady Claire antes de que los ojos de la mujer se entrecerraran. Entonces su señoría sujetó el codo de Jeanine y la hizo girar hacia la pista de baile.

Al llegar al borde de la pista, la abrazó con la mano derecha presionando ligeramente su espalda y la izquierda agarrando su mano derecha. Retrocedió hasta situarse a un brazo de distancia, y luego la atrajo hacia la música con un ritmo impecable. Los condujo alrededor de una pareja que casi chocó con ellos, y luego la hizo girar en un círculo cerrado que la dejó sin aliento. Jeanine se rio, y cuando levantó la vista hacia él, éste le sonreía. Ella le devolvió la sonrisa y se deslizó hacia la derecha cuando la presión de su mano en la espalda la puso en guardia.

—Eres un excelente bailarín —dijo ella—. Para nada eres demasiado viejo.

—Nunca dije que no supiera bailar—Su expresión se volvió seria—. Preferiría que no bailaras con Lord Pomeroy.

—¿Es un libertino?—preguntó ella.

—Lo es.

—Tienes miedo de que mi reputación se vea empañada.

—Algo así—dijo él.

Ella se encogió de hombros.

—No me gusta mucho.

—Pero habrías bailado con él, a pesar de que te pedí que no lo hicieras.

—No bailaré con él, si prefieres que no lo haga.

—Es muy generoso de tu parte, teniendo en cuenta que me obligaste a bailar contigo.

Ella le dedicó una brillante sonrisa.

Una sonrisa de respuesta tiró de las comisuras de su boca antes de que dijera con fingida severidad:

—Quizá no sea de ti de quien deba preocuparme, sino de los caballeros a los que hechizas.

Volvió a reírse y no dijo nada más.

Tres bailes después, el señor Westland acompañó a Jeanine fuera de la pista de baile y ella tuvo que admitir que estaba fatigada.

—Parece que te vendría bien refrescarte—dijo él.

Se acercaron a una gran alcoba, pero Jeanine se detuvo cuando le pareció que él podría continuar hacia dentro. Lady Guilford había sido muy específica en sus instrucciones de que Jeanine no debía, bajo ninguna condición, entrar en una alcoba a solas con ningún caballero.

Miró a Mr. Westland.

—Tengo sed.

Él sonrió.

—Déjeme traerle un poco de ponche.

Ella le dedicó una sonrisa de agradecimiento antes de que él se marchara. Jeanine buscó un lugar para sentarse, pero no había, salvo en la alcoba. Se lo pensó. Después de todo, no estaba con un caballero, así que no estaría desobedeciendo a Lady Guilford. Jeanine suspiró. El señor Westland volvería y entonces se quedaría a solas con él en la alcoba. Las puertas abiertas del balcón, a diez metros a su derecha, la llamaban. Podría refrescarse fuera un momento o dos, y luego volver antes de que el señor Westland regresara.

Se abrió paso entre la multitud y salió al balcón, se sorprendió al encontrarlo desierto salvo por una pareja que ocupaba un banco en las sombras de la esquina más alejada. Al verla, se levantaron y bajaron a toda prisa la media docena de escalones hasta el césped. Ella se sentó en el banco en las sombras a la izquierda de la puerta, cerca de la barandilla, y observó hasta que la pareja se convirtió en siluetas más allá de las luces del salón de baile, y luego desapareció entre las sombras más oscuras de los árboles y los arbustos.

Lady Claire había dicho que Grey le había prometido un paseo por los jardines. Jeanine no lo había visto desde su baile. ¿Había llevado a Lady Claire a ese paseo? Tal vez todavía se quedaban en los jardines. Respiró profundamente el aire fresco. La noche era cálida, pero más fresca que el sofocante salón de baile. Tal vez Grey la llevara a pasear.

Hasta ahora, no había conocido a ningún caballero que se ajustara a sus propósitos. ¿Cuánto tiempo podría permanecer bajo la tutela de Grey si no encontraba pronto un marido adecuado? Dijo que la ayudaría. Eso tenía que significar que la enviaría a casa hasta que le encontrara un marido adecuado, como había prometido. ¿Ya tenía en mente a un caballero mayor? Pensándolo bien, no era sorprendente que ningún caballero mayor estuviera en el baile. ¿Cómo podría un caballero tan viejo asistir a un baile? Bueno, tal vez podría, si permaneciera sentado. Pero eso no sería nada divertido.

Mañana le preguntaría a Grey sobre sus planes. Jeanine pensó en la señorita Stone. ¿Qué pasaría con ella una vez que se casara? Jeanine tendría que llevarla a su nueva casa. No podía permitir que se fuera sin una buena posición, porque demasiados empleadores maltrataban a las compañeras.

Un hombre y una mujer salieron del salón de baile. La mirada de Jeanine se detuvo en el vestido de satén azul oscuro de la dama. Pensó preguntarle a la señora Morgan si podía hacer un vestido de ese color para la señorita Stone.

La pareja se detuvo, y la mujer dijo:

—¿Los viste en la pista de baile? y después de la forma en que él tenía encima a Lady Claire.

La mente de Jeanine se puso en alerta.

—Lucero es un maestro del engaño— continuó—. Esa chica no puede ser una inocente.

Jeanine se puso en pie de un salto.

—¿Cómo te atreves a decir semejante cosa?

El hombre y la mujer se revolvieron.

Jeanine se dirigió hacia donde estaban.

—Su señoría fue perfectamente correcto conmigo.

Los ojos de la mujer se abrieron de par en par y miró al hombre, que dijo:

—Lo has entendido mal, querida.

—No he malinterpretado nada. G-Grey ha sido muy correcto, incluso me mantuvo a distancia en la pista de baile, cosa que habrías notado si no fueras tan rencorosa.

La mujer jadeó.

—¿Cómo te atreves?

—¿Cómo puedes decir esas horribles mentiras?—exigió Jeanine.

—No son mentiras—escupió la mujer—. Todo el mundo sabe que Lucero es la peor clase de hombre.

—No lo llames así, mujer infame.

Los ojos de la mujer pasaron por delante de Jeanine y una voz masculina dibujó:

—Qué agradable es encontrarlo aquí en el balcón, Lord Fletcher—El marqués se detuvo junto a Jeanine—. Está usted encantadora, Lady Fletcher. He estado esperando la oportunidad de agradecerles a ambos su asistencia a la pequeña fiesta de esta noche.

—Es un honor—dijo Lord Fletcher—. Gracias por la invitación. Sin embargo, creo que se está haciendo tarde. Debo llevar a Margaret a casa.

El marqués esbozó una sonrisa sosa.

—Estoy muy de acuerdo.

Lord Fletcher tomó el codo de su esposa.

—Buenas noches, mi lord—Se inclinó—. Señorita Matheson.

Se alejaron. Jeanine se giró y los vio entrar de nuevo en el salón de baile.

—Es una mujer mezquina y maliciosa—afirmó Jeanine.

—No hay necesidad de excitarse, querida—dijo el marqués.

—Pero ha dicho cosas horribles sobre ti.

—Si me molestara cada vez que alguien dice cosas horribles sobre mí, estaría enojado todo el tiempo.

—A veces desprecio a la gente—dijo ella.

—Eres mejor persona que yo—dijo él—. Yo los desprecio todo el tiempo. Ven, sentémonos—. Él la instó a volver al banco donde había estado sentada y se bajó al asiento mientras ella se acomodaba.

—¿Por qué la gente es tan cruel?—preguntó ella.

—Las razones son demasiado numerosas para nombrarlas y no merecen nuestro tiempo—respondió él—. A Lady Fletcher le gustan los chismes y está lista para inventar una historia jugosa si no existe una real.

—Lo sé—dijo Jeanine—. Mintió descaradamente sobre ti.

—No es la primera vez que alguien miente sobre mí, y no será la última. Para ser justos, Lady Fletcher no tiene toda la culpa. Invito a las habladurías al vivir como quiero sin tener en cuenta a la *sociedad*.

—Eso solo significa que eres valiente—dijo ella.

Sus cejas se alzaron.

—¿Puedo preguntar cómo has llegado a esta conclusión?

Ella hizo un gesto despectivo hacia las puertas abiertas.

—Son ovejas que siguen lo que dicta la *sociedad* porque no tienen el valor, o la inteligencia, de pensar por sí mismas. Están celosos de que tú hagas lo que te plazca, así que mienten para salvar sus egos.

La miró fijamente, con una extraña luz en los ojos.

—El otro día me dijeron que no eres una mujer adulta.

—¿Quién dijo eso?—preguntó ella.

Él se rio.

—Querida, tú eres lo contrario.

Lady Guilford salió del salón de baile y echó un vistazo al balcón. Cuando su mirada se posó en ellos, se apresuró a acercarse al banco.

—Ahí estás, Jeanine. Vas a bailar pronto con el Sr. Ross.

Jeanine negó con la cabeza.

—No quiero bailar más esta noche.

—Le prometiste un baile.

Su señoría se puso de pie.

—Si le prometiste un baile al señor Ross, entonces debes bailar con él.

—No tengo ganas de bailar.

Su mirada se fijó en la de ella.

—Una dama no rompe su promesa sin una buena razón.

—Tengo una buena razón. Estoy enfadada.

—Esa no es una buena razón—La expresión del marqués se endureció—. Lady Guilford ha trabajado mucho para que esta velada sea un éxito. No la deshonrarás a ella ni a mí.

Jeanine se puso en pie de un salto.

—Nunca haría eso.

—Me alivia oírte decir eso.

—No daré a esos escorpiones una razón para que digan algo malo de ti por mi culpa—Jeanine le agarró la mano—. Me crees, ¿verdad?

El asombro pasó por sus ojos antes de que esbozara una suave sonrisa.

—Sí, muchacha. Te creo. Ahora, ve con mi prima y haz lo que te pida. Ella sabe mejor que nadie lo que hay que hacer en fiestas como esta. Un viejo solterón como yo, estoy demasiado falto de práctica.

Ella le soltó la mano y resopló.

—Puedes decir eso todo lo que quieras, pero a mí no me engañas. Has bailado conmigo mejor que cualquier otra persona con la que he bailado esta noche.

Él se rio.

—Vete, antes de que decida que mi pupila merece una paliza.

Ella sonrió.

—Tú nunca harías eso. Pero me iré.

Capítulo diez

Jeanine volvió a entrar en el salón de baile con Lady Guilford y se dio cuenta de que la orquesta estaba tocando un baile country. Un buen golpe de suerte. Al menos, el baile que compartiría con el señor Ross no podría ser un baile más corto. Lady Guilford se deslizó a lo largo de la pared y se detuvo en la esquina del salón de baile, cerca del pasillo que conducía a la mesa de los refrescos, y escudriñó la sala aún abarrotada.

—Puede que no lo encontremos a tiempo para el siguiente baile—se dijo más a sí misma que a Jeanine.

Jeanine observó a los bailarines, repentinamente irritada por el fuerte murmullo de voces. Nunca había asistido a una fiesta tan grande en su país. Una fiesta con más de cien personas habría sido considerada un gran éxito.

El marqués volvió a entrar en el salón de baile y Jeanine deseó poder bailar de nuevo con él. Realmente era mucho mejor bailarín que cualquier otra pareja con la que hubiera bailado. Se olvidó de preguntarle si había encontrado un caballero mayor para ella.

Lady Claire se acercó por detrás de él y le tocó el brazo. Él se volvió y Jeanine vislumbró su sonrisa al ver a la dama. Ella se acercó—demasiado para ser apropiado—y dijo algo. Jeanine no pudo discernir su expresión, pero él se inclinó un poco más.

—¿Conoce Grey bien a Lady Claire?—preguntó a Lady Guilford.

Lady Guilford miró en la dirección en la que Jeanine miraba.

—Bastante bien—respondió—. El hermano de Lady Claire está negociando con Valan su mano en matrimonio.

Jeanine la miró bruscamente.

—¿Van a casarse?

Lady Guilford volvió a escudriñar el salón de baile.

—¿Dónde está el Sr. Ross?

—No sabía que Grey iba a casarse—dijo Jeanine.

—Él no dice nada. Es un hombre intensamente reservado—Se rio—. A pesar de que constantemente hace alarde de sus incorrecciones ante la sociedad. Pero hay un método en esa locura.

—¿Qué quieres decir?—dijo Jeanine

Lady Guilford le lanzó una mirada de reojo.

—No importa.

—¿Cuándo se casarán?—preguntó Jeanine.

—No se ha firmado ningún contrato, y si Valan no cuida su reputación, el hermano se retractará de la oferta.

—Pero es un marqués y un conde, por no mencionar que es muy rico. ¿Por qué haría eso el hermano?

—Incluso un título y el dinero no salvan a un hombre de las puertas cerradas, si pasa ciertos límites. Hace tres años, Lord Ingers se casó con una bastarda que apenas había salido de la escuela. Todas las puertas se cerraron para él. Se trasladó al campo y, tres años después, su joven esposa se fugó con un capitán de la marina. Nunca volvió a la ciudad.

—Eso nunca podría pasarle a Grey—dijo Jeanine—. Es demasiado... demasiado inteligente para dejar que eso ocurra.

—La familia de Lady Claire no necesita un título o dinero. Una alianza debe hacerse sin reprobación—dijo Lady Guilford—. En verdad, me sorprende que la familia esté interesada en la conexión. Aunque la nuestra sea una familia muy antigua.

Janine empezó a preguntar si Grey quería casarse con ella, pero se detuvo cuando él le sonrió a Lady Claire. Ciertamente actuaba como un hombre que consideraba casarse. ¿Qué sucedería si ellos se casaran antes de que Jeanine encontrara un caballero mayor para ella? ¿La echaría Grey? Si su nueva esposa lo quería, sí.

Dos bailes más tarde, Jeanine decidió que realmente había bailado bastante por una noche. Los caballeros eran suficientemente educados, pero también demasiado jóvenes—vivirían al menos veinte años, quizá treinta—y ella había oído hablar como para toda la vida de chaquetas nuevas, caballos nuevos y de lo bonitos que eran sus ojos. Hacía más de una hora que no veía a la señorita Stone. Tal vez había tenido la inteligencia como para escabullirse. Jeanine escudriñó el salón de baile lo mejor que le permitió su reducida estatura, pero no encontró ninguna señal de la señorita Stone. Tal vez ella también pudiera escabullirse. Pero descartó la idea tan pronto como se le ocurrió, pues sabía que a Grey no le haría ninguna gracia, ya que la fiesta se celebraba en su honor.

Se giró hacia la derecha y encontró a la señorita Stone a dos pasos de distancia.

—Señorita Stone—llamó cuando su compañera la alcanzó—, nunca me había alegrado tanto de ver a alguien en mi vida.

—Me siento halagada, señorita Matheson. Pero, seguramente, has hablado con mucha gente mucho más interesante que yo esta noche.

Jeanine negó con la cabeza.

—No podrías estar más equivocada. La mayoría de las personas con las que he hablado son muy aburridas.

—Me cuesta creerlo—susurró la señorita Stone—. Los invitados de esta noche se encuentran entre la élite de la sociedad. Son muy educados.

—Educados en cuanto a ropa bonita y caballos—Jeanine resopló—. Ah, y la comida. Nunca he conocido a gente tan obsesionada con la comida.

—Hay que saber comer bien para entretener—señaló la señorita Stone.

Jeanine le envió una mirada despectiva.

—Estás siendo demasiado amable. Creo que...—Se interrumpió cuando dos jóvenes pasaron por encima de un grupo de hombres cercanos, con los ojos puestos en Jeanine.

Se detuvieron frente a ella. Había conocido a las chicas antes, pero no recordaba sus nombres. Una frenética búsqueda en la memoria no le proporcionó ninguna pista.

—Señorita Smith—La señorita Stone inclinó la cabeza hacia la chica de su izquierda—. Lady Bethany—La señorita Stone miró a la otra chica y luego hizo una reverencia, y Jeanine podría haberla besado.

Las dos muchachas reconocieron a la señorita Stone con una simple inclinación de cabeza, y luego miraron a Jeanine mientras la señorita Smith decía:

—Bethany organiza una fiesta de cartas mañana por la tarde. Tienes que venir.

—¿Mañana por la tarde?—repitió Jeanine y Lady Bethany asintió.

—Di que vendrás—dijo Bethany.

Sus ojos permanecieron fijos en Jeanine, como si la señorita Stone no existiera.

—Adoro las cartas—Jeanine adoptó el mismo tono exagerado y culto que utilizaban las chicas—. Nosotras estaríamos encantadas de asistir.

Parpadearon sorprendidas.

—¿Nosotras?—repitió Lady Bethany.

Jeanine asintió con exagerado entusiasmo.

—Oh, sí, la señorita Stone es una maravillosa jugadora de Faro.

—¿Faro?—dijeron las chicas al unísono, y luego intercambiaron una mirada.

—A Lord Northington le gustará saber que voy a salir—continuó Jeanine como si no se diera cuenta de la incomodidad de las otras—. Ayer mismo comentó que la señorita Stone y yo debemos aceptar más invitaciones.

—Por supuesto—se apresuró a decir Lady Bethany, y Jeanine tuvo que reprimir un gesto de disgusto—. Me alegro mucho de que puedan venir—continuó Lady Bethany con el mismo fervor enfermizo.

Jeanine hizo una reverencia.

—Nos complace aceptar, mi señora.

La irritación brilló en los ojos de la muchacha, pero sonrió alegremente.

—Maravilloso. Les enviaré mi dirección por la mañana.

Lady Bethany se giró y la señorita Smith la siguió como un obediente perro faldero. Se detuvieron cuando pasó un grupo de ancianas y la Srta. Smith le dijo a Lady Bethany en un fuerte susurro:

—¡Qué descaro!, invitarla a ella.

—Hice todo lo posible por permanecer civilizada—respondió Lady Bethany.

Jeanine miró bruscamente a la señorita Stone, que parecía ajena a los insultos. Sin embargo, eso era imposible. La señorita Stone era demasiado inteligente para no saber que las maliciosas criaturas se referían a ella. Jeanine dio un paso hacia ellas, pero se detuvo cuando la señorita Stone la agarró del brazo.

—No puedo permitir que te metas en problemas por mi culpa—susurró la señorita Stone.

—Se merecen que las azoten—respondió Jeanine con un siseo.

—Tal vez—respondió la señorita Stone—, pero no debes permitir que te inciten a hacer algo que te avergüence.

—No puedes esperar cultura de una chica de campo—dijo Lady Bethany.

Entonces, la señorita Stone dio dos pasos rápidos hacia donde estaban las chicas, de espaldas a ellas. Su dedo del pie apareció resbaladizo por debajo de la falda y apretó el dobladillo del vestido de satén de la señorita Smith.

—Ahí está, señorita Stone.

Jeanine se giró hacia la izquierda al oír el suave tono de la voz del marqués. Él le sonrió y luego dirigió su atención a la señorita Stone, que ahora estaba frente a él, con las manos unidas ante ella.

Las ancianas pasaron y las dos muchachas empezaron a caminar, sin reparar en la casi ruina del vestido de la señorita Smith.

—Debo felicitarla por sus zapatillas rosas, señorita Stone—dijo su señoría.

La señorita Stone sonrió con serenidad.

—Gracias, señor, pero las cosió la señora Morgan. Todo el mérito es de ella.

—Ya veo. Quizá le pida a la señora Morgan que cosa otro par.

—Eso es muy amable de su parte, mi señor, e innecesario. Estos son suficientes.

—Sí—respondió—. Pero necesitas un par que no tengan mente propia.

Jeanine se planteó seriamente la posibilidad de escapar. Seguramente, a esas horas de la madrugada, Grey no podía culparla por irse a la cama. Afortunadamente, algunos invitados se habían ido, pero quedaban como dos tercios. Se podría pensar que competían por el derecho a presumir de haber sido los últimos en abandonar la fiesta del marqués de Northington.

—Esperaba tener un momento a solas contigo.

Jeanine se volvió al oír la voz de Lord Gordon.

—Tienes buen aspecto—dijo—. Qué inteligente de tu parte mantener tan buena cara.

Si alguna vez hubo una verdadera razón para escapar, Lord Gordon se la proporcionó.

[El le sonrió.

—Pronto, todo esto habrá terminado, y te pondré a salvo fuera de su alcance.

Debe estar muy cansada. Para ella, el hombre estaba hablando un galimatías.

—¿Qué se acabará?

La miró con condescendencia.

—Eres una dulce inocente—Le sujetó el codo y la empujó hacia la pared, lejos de un grupo de señoras cercanas—. Puedes confiar en mí—susurró—. He puesto en marcha un plan que lo expulsará de la sociedad para siempre.

La mente de Jeanine se puso en alerta.

—¿Perdón?

—No es la primera vez que salvo a una inocente de sus garras—continuó.

Su corazón comenzó a latir con fuerza.

—¿Qué quieres decir?

Él dudó, aunque ella intuyó que su vacilación pretendía conseguir un efecto dramático. Necesitó toda su fuerza de voluntad para no agarrarle los hombros y sacudirle las palabras.

—Por supuesto, no te habrás enterado—dijo él—. Todavía no habías nacido cuando *El Lucero de la Mañana* lanzó su hechizo sobre la primera de sus notables víctimas. Desde entonces, ha hecho carrera arruinando a inocentes como tú.

Un fervor justiciero iluminó los ojos de él, y Jeanine se abstuvo de retroceder.

—Al menos pude salvar a esa joven de una vida de ruina—Soltó una risa amarga—. En realidad le dijo a la pobre chica que quería casarse con ella. ¿Te imaginas? ¿Lucero enamorado?

—¿Qué hiciste?—susurró Jeanine.

La luz de sus ojos se desvaneció y parpadeó como si se hubiera sobresaltado por su presencia.

—Te he asustado—Le agarró la mano y se la apretó—. Perdóname. No volvamos a hablar de esto. Descansa tranquila que él no te tendrá—Le soltó la mano y empezó a darse la vuelta, pero luego dudó como si estuviera atrapado en una terrible batalla interior. La miró—. Te salvaré. Solo ruego que cuando todo se revele, entiendas por qué tuve que tomar medidas tan drásticas.

—¿Qué medidas drásticas?—preguntó ella, pero él se apresuró a pasar junto al grupo de damas.

Jeanine se quedó paralizada por un instante, con el corazón palpitando, y luego comenzó a seguirlo. Tenía que saber qué pretendía. Bordeó a las damas, luego pasó por delante de otro grupo más pequeño de damas más jóvenes y redujo la velocidad. Él no estaba a la vista.

—Mira, incluso le está persiguiendo—susurró una mujer detrás de ella.

Jeanine redujo la velocidad.

—Sé de buena fuente que ella y el marqués fueron sorprendidos juntos en su biblioteca con ella arrodillada entre sus piernas.

Las risitas aumentaron de volumen.

—Eso es escandaloso, incluso para el marqués—señaló otra chica.

Jeanine empezó a encararse con ellas, pero se contuvo. No podía hacer una escena en el salón de baile. Grey había sido muy específico al decir que ella no debía deshonrarlo.

Su corazón se retorció. Solo se le ocurrió una manera de asegurarse de no deshonrarlo.

Capítulo once

A la mañana siguiente, Valan entró en la sala de desayunos y encontró a Jeanine mirando fijamente sus huevos con jamón.

Ella levantó la vista.

—Buenos días, señor.

Valan levantó una ceja mientras ocupaba su lugar en la cabecera de la mesa.

—¿Señor? Nunca te había visto tan formal en casa—Tomó la cafetera y llenó su taza—. ¿Estás enferma?

Jeanine frunció el ceño.

—¿Qué? Oh, no. Solo…—Dudó—. Supongo que todavía estoy con la mentalidad de la fiesta de anoche, rodeada de tantos desconocidos.

Valan tomó una loncha de jamón de la fuente y se sirvió huevos en el plato.

—¿Disfrutaste de la fiesta?

Ella asintió.

—Por supuesto. Fue muy alegre, ¿no?

—Supongo que sí—dijo él—. Pero no pareces entusiasmada.

Ella sonrió, aunque la sonrisa no llegó a sus ojos.

—Solo estoy un poco cansada. Ha sido una gran emoción.

—Así es—aceptó él—. ¿Qué planes tienes para hoy?—Tomó un sorbo de café y luego señaló la bandeja de invitaciones que se encontraba al borde de la mesa entre ellos—. Parece que usted y la señorita Stone se han vuelto muy solicitadas.

Sus ojos se fijaron en la bandeja y su expresión se ensombreció.

—Nos han invitado a una fiesta para jugar cartas. Lady Bethany. Hoy.

Valan untó con mantequilla un triángulo de tostadas.

—¿Supongo que asistirás?

—Sí, me gustaría mucho asistir, con la señorita Stone, por supuesto.

Valan inclinó la cabeza en señal de acuerdo.

—Por supuesto. Sería bastante descortés dejar a la señorita Stone en casa mientras usted asiste a una fiesta.

El alivio inundó su expresión.

—Eso es exactamente lo que pensaba.

—¿La señorita Stone está dispuesta a ir?

—Al principio no lo estaba. Le dije que era justo que fuera conmigo. Dijiste que sería descortés dejarla en casa—añadió Jeanine—. Es lo mismo, ¿no estás de acuerdo?

—Estoy totalmente de acuerdo—dijo él—. La señorita Stone debe acompañarte sin duda—Él daría quinientas libras por ver la cara de Lady Bethany cuando Jeanine llegue con la señorita Stone.

Jeanine le dedicó una verdadera sonrisa.

—Me alegro mucho de que estés de acuerdo. Ahora la señorita Stone no puede negarse a ir conmigo.

—¿Crees que se habría negado?

Asintió con la cabeza, y luego añadió rápidamente:

—Pero no porque sea testaruda, tú me entiendes. Es muy consciente del decoro, demasiado, si me preguntas, y no quería asistir a una fiesta en la que podría parecer que se coló.

—La señorita Stone nunca se colaría donde no la invitaron—dijo él, y dio un sorbo a más café.

—Eso es exactamente lo que le dije. Cualquiera que piense diferente, bueno, se merece lo que le suceda.

Valan cortó su jamón.

—¿Qué podrían conseguir?

La mirada de Jeanine se agudizó.

—No lo sé, exactamente. Pero estoy segura de que sería desagradable.

—Solo recuerda, querida, que lo desagradable que le ocurre a la gente que merece esas cosas, debe ser repartido por gente desagradable. No por jóvenes señoritas.

Sus ojos se abrieron de par en par con sorpresa, luego un brillo animó los orbes azules, y él se sintió extrañamente aliviado.

—¿Tienes que quitarle la diversión a todo, Grey?

Debería haberse sentido insultado. En cambio, experimentó alivio al ver que ella lo llamaba por su nombre.

—Perdóname, querida, pero siento que debo hacerlo. Aunque solo sea para mantener mi propio cuello fuera de la soga.

El brillo desapareció abruptamente y su expresión se nubló.

—Tienes razón, por supuesto—Volvió a prestar atención a su comida y pareció reflexionar, luego dijo—:—Creo que he cambiado de opinión, no quiero asistir a la fiesta de las cartas.

—¿De verdad?—dijo él—. Hace un momento, estabas entusiasmada con la perspectiva. ¿Qué ha cambiado en tan poco tiempo?—Se metió los huevos en la boca y masticó.

Ella clavó un trozo de jamón, lo movió al lado opuesto de su plato y utilizó un cuchillo para liberarlo del tenedor.

—Jugar a las cartas es un aburrimiento, ¿no crees?

—No me dio esa impresión cuando ganaste en el comercio hace dos semanas.

—Eso es muy diferente. Jugar a las cartas, apostar con caballeros, es mucho más interesante que jugar al *piquet* con señoras que no entienden realmente el juego.

Le costaría discutir esa lógica.

—Tal vez, pero habrá un almuerzo, tal vez un paseo por el jardín, e incluso chismes. No puedes decirme que no te gustan los chismes.

Ella levantó la cabeza y él se sorprendió al ver el miedo en sus ojos.

—Detesto los chismes—Dejó el tenedor—. He terminado de desayunar—Apartó la silla y se levantó.

Valan abrió la boca para recordarle que una dama siempre se excusa antes de salir de una habitación, pero se detuvo en seco cuando vislumbró un brillo de humedad en sus ojos un instante antes de que se diera la vuelta y saliera a toda prisa de la habitación. Se recostó en su silla, mirando la puerta, con la mente puesta en la noche anterior.

* * *

El carruaje se acercó a la casa y Jeanine se sorprendió del tamaño de la mansión.

—La casa de Lord Gordon es más grande que la de Grey—le dijo a la señorita Stone—. Me imaginaba que Grey tenía más dinero que él.

—El tamaño de la casa de un hombre no indica necesariamente su verdadera riqueza —dijo la señorita Stone—. Su señoría es un hombre de buen gusto. No hace alarde de su riqueza. No estoy segura de que pueda decirse lo mismo de Lord Gordon.

—Supongo que tienes razón—dijo Jeanine. Lord Gordon ciertamente no tiene los modales de Grey.

El carruaje se detuvo, luego se inclinó hacia la derecha cuando el lacayo dejó la percha junto al señor Potts y descendió hasta el adoquín. Abrió la puerta y les ayudó a bajar. Media docena de carruajes más se alineaban en la calle.

—La esperaremos aquí, señorita—dijo el señor Potts.

Jeanine le sonrió.

—Gracias, señor Potts.

Ella y la señorita Stone comenzaron a caminar.

—Debo desaconsejar tu forma de actuar una vez más, señorita Matheson—murmuró la señorita Stone—. Estoy segura de que su señoría puede tratar con el señor Gordon.

Jeanine negó con la cabeza.

—Nos aconsejará que ignoremos a Lord Gordon. No puedo permitir que la reputación de Grey se vea manchada por mi culpa. Si desea casarse con Lady Claire, debemos ayudarle.

—Me resulta difícil creer que quiera casarse con ella—dijo la señorita Stone.

—Lady Guilford dijo que hablaron de negociaciones matrimoniales. Los hombres no entran en negociaciones matrimoniales si no quieren casarse.

Llegaron a la puerta y se abrió antes de que pudieran llamar. Un sombrío mayordomo los guió por el pasillo y los condujo al primer piso. Jeanine divisó las escaleras de servicio a su izquierda mientras pasaban. Dos puertas más abajo, llegaron a un salón y entraron.

Jeanine parpadeó contra el resplandor de los brillantes púrpuras y azules de la habitación.

—¡Dios mío!—soltó, y luego miró a la señorita Stone, cuya expresión seguía siendo anodina. Solo la insinuación de desdén en sus ojos oscuros delataba sus verdaderos sentimientos. La señorita Stone tenía razón. El gusto de Lord Gordon no era tan refinado como el de Grey.

Dos docenas de personas ocupaban la sala, algunas en mesas de cartas, otras sentadas en divanes y sillas tomando té, charlando.

—Srta. Matheson—Lord Gordon se acercó por su derecha.

Jeanine sonrió y esperó que su sorpresa al ver un chaleco amarillo brillante bajo su chaqueta no fuera evidente. Se obligó a mirar a los ojos de él y a no detenerse en el ridículo y complejo corbatín que le colgaba hasta la mitad del pecho. Él se acercó a ellos y le tomó de la mano, luego presionó sus labios sobre el dorso de la mano de ella.

Congeló la sonrisa en su rostro y dijo:

—¿Se acuerda de la señorita Stone?

Se inclinó, pero no tomó la mano de la señorita Stone.

—Por supuesto. Un placer verla de nuevo, señorita Stone.

Las palabras eran correctas, pero Jeanine captó la frustración en su voz.

Los condujo a una mesa, ordenó a una sirvienta que trajera té y pastel, y luego se lanzó a una charla inane sobre el clima, la comida y las próximas fiestas, hasta que Jeanine quiso gritar. Tuvo que liberarse de él y echar un vistazo a la casa.

—El baile de anoche fue fantástico—dijo él.

Jeanine mordisqueó un pastel y asintió.

—Los esfuerzos de Lady Guilford hicieron que la fiesta fuera un enorme éxito.

—En efecto—dijo él—, en efecto. ¿Juega usted a las cartas, señorita Stone?

—No mucho más que pasablemente, señor. La Srta. Matheson es la experta jugadora de cartas.

—Lady Melanie se ha desesperado por no poder encontrar jugadores. Tal vez podría hacer el favor de jugar con ella.

—Como he dicho, señor, solo juego de forma pasable. Dudo que ofrezca algún desafío.

—Pero lo será—dijo él—. Lady Melanie es una jugadora nueva, por lo que le vendría bien que un jugador paciente como usted le orientara.

—Lamento tener que declinar—confesó la señorita Stone—. Debo permanecer en mi cargo.

—Tonterías—dijo Jeanine—. No tiene nada que temer si me dejas para jugar a las cartas. Estaré cerca con Lord Gordon.

Lord Gordon hinchó el pecho como un ridículo pavo real.

—Ahí lo tiene, señorita Stone—Se levantó—. Permítame presentarle a Lady Melanie.

La señorita Stone miró a Jeanine y esta notó una preocupación genuina en su expresión. Era la primera vez que ella y la señorita Stone estaban en desacuerdo. La vergüenza se abrió paso en su interior. La preocupación de la señorita Stone era fundada.

—Debo recordarle, señorita Matheson, que su señoría nos dio instrucciones de regresar después de una hora.

Una mentira total, y una que Jeanine no había preparado.

La señorita Stone miró a Lord Gordon.

—Nos perdonará si no nos quedamos mucho tiempo. Su señoría tiene planes para la cena, y nos permitió salir solo después de arrancarnos la promesa de que no llegaríamos tarde.

La irritación brilló en los ojos de Lord Gordon y dijo con una voz demasiado amable

—Por supuesto, señorita Stone. Me encargaré de acompañarlas a su carruaje a la hora prevista.

La señorita Stone se levantó, aunque, Jeanine lo sabía, con renuencia, y acompañó a Lord Gordon a una mesa en la esquina más alejada de la sala, cerca del balcón. La joven que estaba en la mesa parecía haber salido apenas del aula. En cuanto Lord Gordon le dio la espalda, Jeanine se levantó y se apresuró en dirección a la puerta por la que habían entrado. Se escabulló de la habitación, encontró el pasillo vacío y corrió en la dirección por la que habían venido. Un segundo después, llegó a la escalera del servicio y subió a toda prisa la sinuosa escalera.

La luz se derramaba en una curva más adelante. Con el corazón acelerado, Jeanine subió a toda prisa la última escalera y salió a un pasillo bien iluminado. Se detuvo, respirando con dificultad, y se esforzó por oír por encima del torrente de sangre en sus oídos. No vio a nadie. No es de extrañar. Esta tenía que ser la habitación privada de Lord Gordon. A esta hora del día, los sirvientes no podían estar en este piso, y la mayoría estaban probablemente ocupados con la fiesta.

Intentó abrir tres puertas y encontró un dormitorio que supuso que era de Lord Gordon, pero nada que indicara a qué se refería cuando le dijo que tenía un plan para expulsar a Grey de la sociedad para siempre. La siguiente puerta daba a un estudio privado. Se dirigió al gran escritorio de caoba situado en el extremo de la habitación. Llevaba quince o veinte minutos fuera de la sala de cartas. A estas alturas, Lord Gordon creería que se había marchado, o tal vez que había ido al jardín, si es que tenía uno. La señorita Stone se habría unido a la búsqueda de ella. Era poco probable que él pensara que ella había subido, pero no obstante la ansiedad le hizo un nudo en el estómago,.

Se sentó en el escritorio y empezó a buscar en los cajones, pero solo encontró papel, bolígrafo, correspondencia personal que parecía no tener sentido y papeles de negocios relativos a las propiedades que él tenía en el norte de Escocia. Abrió el cajón inferior derecho y encontró varios sobres atados con una cinta. Jeanine apartó el lazo que cubría el centro del sobre superior y se sobresaltó al ver el nombre de Grey en el sobre.

Con los dedos temblorosos, tiró del lazo, luego desató la cinta y sacó la carta superior de su sobre.

Mi queridísimo Valan,

Como siempre, me resulta más fácil poner en papel las palabras que no puedo decir. Desde que me convertí en tu pupila, mi vida ha cobrado un nuevo sentido. No me importa lo que depare el futuro, mientras estemos juntos. No me importa lo que diga la sociedad. Soy tuya mientras me tengas.

Tuya,

Jeanine

Su corazón latía con tanta fuerza que se mareó. Abrió una segunda carta escrita con otra letra.

Mi querida Jeanine,

Olvídate de la sociedad. Nunca han sido amigos míos. Te llevaré lejos de aquí donde nadie nos conozca. No temas, no permitiré que te hagan daño a ti o al niño que llevas... Nuestro niño.

Tuyo para siempre, Valan

¿Nuestro hijo?

La rabia la invadió. Ella no había escrito estas cartas. Ya que ella no había escrito estas cartas, solo tenía sentido que Grey no hubiera escrito las otras. ¿Y el niño que llevaba? No había ningún niño. Nunca habían...

Mentiras. Mentiras terribles y despiadadas.

Recordó a Lady Fletcher y a las chicas que habían hablado tan mal de ella y de Grey. ¿Cuántas mentiras se habían dicho sobre Grey? ¿Y ahora esto? ¿Pero por qué esto?

Entonces comprendió. Lord Gordon había creado estas terribles mentiras con la intención de arruinar a Grey. ¿Pero por qué? Nadie las creería. La señorita Stone vivía con ellos. Podía dar fe de lo bien que funcionaba su casa.

No estaba embarazada. Eso probaría que eran mentiras. Pero la reputación de Grey sería destruida antes de que alguien supiera que eran mentiras. Una mezcla de rabia y miedo le hizo llorar. No dejará que Lord Gordon haga esto.

Jeanine recogió rápidamente las cartas y cerró el arco. Grey sabría qué hacer. Se puso de pie y luego dudó. No podía darle las cartas. Se pondría furioso. No porque Lord Gordon intentara arruinarlo, sino porque el plan de Lord Gordon la habría arruinado a ella. Ella no lo conocía bien, pero eso sí lo sabía.

Las cartas debían ser destruidas. Pero eso no sería suficiente, se dio cuenta con creciente pánico. Lord Gordon solo escribiría más. ¿Cómo podría detenerlo?

Se enjugó una lágrima.

No podía. Jeanine pensó en Lady Claire. Grey quería un matrimonio respetable. No podía permitir que nada se interpusiera en su camino, ni siquiera ella.

Se apresuró hacia la puerta. A dos pasos de la puerta, ésta se abrió. Jeanine se detuvo bruscamente. Lord Gordon estaba de pie en la puerta. Sus ojos se posaron en las cartas que ella sostenía.

Entró en la habitación y cerró la puerta.

—Toda la casa te está buscando. Nunca se me ocurrió que pudieras estar aquí—Dio un paso hacia ella y ella retrocedió. Él se detuvo—. No hay que tener miedo. ¿Recuerdas lo que te dije, que esperaba que entendieras por qué tuve que hacer lo que hice?

Jeanine no dijo nada.

—Me ocuparé de ti. Nunca te faltará nada. Me casaré contigo.

—¿Ca-casarme? —Jeanine agitó las cartas que tenía delante—. Me a-a-arruinaré.

Él frunció el ceño.

—¿Tienes algún impedimento para hablar?

—Sí. No puedes querer a una mujer que ta tartamudea.

Su ceño se frunció.

—Podemos ocuparnos de eso en el futuro.

Su mente se aceleró.

—Estaré arruinada. Seguramente, no puedes querer casarte con una mujer cu-cuya reputación haya sido arruinada por el marqués de Northington.

—Northington será culpado—dijo él—. No se le llama Lucero por nada. La gente lo entenderá, y te tendrán en sus corazones una vez que te hayas casado conmigo.

—No me ca-casaré contigo—contestó ella.

Él sonrió en lo que ella sabía que pretendía ser un consuelo, pero el efecto fue anulado por la ira que ardía en sus ojos.

—No lo entiendes. Sé lo que es mejor.

Jeanine se enderezó.

—Deseo marcharme.

Se dirigió a una mesita junto a la puerta, abrió el cajón y sacó una llave. Jeanine vio con horror cómo cerró el cajón, le pasó llave a la puerta y deslizó la llave en el bolsillo delantero de su chaleco.

La miró de frente.

—Esto es por tu bien.

Avanzó. Jeanine retrocedió; la parte posterior de su pierna chocó con algo. Se apartó de un salto y miró la mesa con la que había chocado. Se retiró casi hasta la chimenea. Por el rabillo del ojo, vio el atizador apoyado en el ladrillo. El corazón se le subió a la garganta. Volvió a mirar a Lord Gordon. Estaba a un metro de distancia.

—Señorita Matheson, Jeanine, no debes temerme—Él se detuvo—. Lo entiendo. Perdóname, querida. Northington te ha maltratado y ahora le temes a todos los hombres. Te prometo que seré amable. Ven—la agarró del brazo.

Ella empezó a alejarse, pero entonces se le ocurrió otro plan. Jeanine tropezó y chocó con Lord Gordon. Se agarró a su corbata en un esfuerzo por no caer—no fue tan rápido como Grey al atraparla—y deslizó sus dedos en el bolsillo delantero de su chaleco. Ella aferró la llave mientras él la agarraba por los hombros.

Pensó que la apartaría de él, pero su agarre se hizo más fuerte y se dio cuenta de que pretendía besarla. La repugnancia le revolvió el estómago. ¿Podría fingir que le gustaba el beso? Espera, él creía que ella tenía miedo de Grey. Su boca se acercó a la de ella. Ella gimió.

Él se congeló.

—Realmente te ha hecho daño—La peligrosa luz de una rectitud fanática se encendió en sus ojos. Pero, para su alivio, la soltó—. Siéntate—Le indicó las sillas cercanas—. Te traeré un jerez. Será bueno para tus nervios.

Se giró y Jeanine midió la distancia hasta la puerta. Estaba demasiado lejos. Nunca podría llegar a ella y abrir la puerta antes de que él se lanzara sobre ella. No permitiría que la atrapara. Si no escapaba, sus planes para arruinar a Grey tendrían éxito. Miró el atizador apoyado en el ladrillo de la chimenea. ¿Se atrevería?

—Podemos vivir en Francia, hasta que pase lo peor del escándalo—continuó—. ¿Has estado alguna vez en Francia? Te encantará.

Jeanine se acercó al atizador y lo tomó. Él llenó la primera copa de jerez, luego una segunda. Jeanine tenía poco tiempo. Gordon volvió a tapar la jarra. Jeanine dio tres pasos y levantó el atizador con la mano derecha, mientras agarraba las cartas y la llave con la otra. Le dio un golpe en la cabeza. Él gritó y dejó caer las copas de jerez. Se hicieron añicos contra el aparador.

Jeanine dejó caer el atizador y retrocedió tambaléandose dos pasos. Él se agarró el lado de la cabeza y giró hacia ella. Ella se giró y se lanzó hacia la puerta. Unos dedos duros le agarraron el brazo. Ella gritó. Los dedos se le clavaron más. La empujó hacia él y ella levantó la mano con el puño. Él la agarró y tomó las cartas. Ella las arrancó de su agarre. La llave golpeó la alfombra.

Ella tropezó hacia atrás mientras él caía contra una silla. Jeanine se lanzó a por la llave, la recogió y corrió hacia la puerta. Las manos le temblaban tanto que temía no poder meter la llave en la cerradura. Un gemido detrás de ella la hizo mirar por encima del hombro. Se estaba levantando con dificultad. Miró hacia delante, recuperó la calma, introdujo la llave en la cerradura y giró. La cerradura hizo clic. Abrió la puerta de golpe y corrió por el pasillo hacia las escaleras del servicio.

Se obligó a ir lo suficientemente despacio como para no caer de cabeza por las escaleras de caracol. Al llegar abajo, corrió hacia el salón. Se oyó un grito en esa dirección. Jeanine giró en la dirección opuesta y aceleró las piernas. Llegó a las escaleras por las que habían subido cuando el mayordomo les había hecho pasar y bajó tan rápido como pudo.

Al llegar abajo, giró a la izquierda, hacia la puerta principal. Unas fuertes pisadas en los escalones delanteros la hicieron entrar en pánico. Giró a la derecha, corrió por otro pasillo que se torcía y entró en un almacén. En las altas estanterías había ropa de cama doblada. Sacos de fruta y barriles de avena, o tal vez de harina, rodeaban la habitación. Se apresuró a atravesar la pequeña habitación y casi gritó al ver una puerta lateral. Encontró la puerta sin cerrar y salió corriendo a un jardín cerrado. Jeanine siguió avanzando hacia la puerta de madera situada a la izquierda del muro de piedra.

Por favor, que no esté cerrada, rezó. Llegó a la puerta, echó el pestillo y corrió hacia el callejón.

Capítulo doce

Con una pierna cruzada sobre la otra y un brazo estirado a lo largo del borde superior del diván, Valan miraba el anillo de esmeraldas que llevaba mientras escuchaba a Peigi divagar sobre la fiesta de anoche.

—No tuve oportunidad de decirle que había invitado a Lord Gordon—dijo—. Por supuesto, con tantos preparativos de última hora, luego me olvidé hasta que lo vi entrar en el salón de baile. La tenía acorralada. Te juro, Valan, que casi le hizo el amor violentamente.

Valan levantó una ceja.

—Sugiero, querida, que, si crees que Jeanine permitiría que Lord Gordon le hiciera el amor intensamente en público, es porque hace tiempo que Richard no te hace el amor intensamente a ti.

Ella se puso rígida.

—Pero qué dices. Richard me hace el amor violentamente con regularidad. Te digo que Lord Gordon fue inaceptablemente ardiente.

—Lord Gordon es a menudo ardiente—le recordó Valan.

—No me gusta ni medio—dijo ella—. No me extrañaría nada descubrir que está tratando de convencerla para que huya con él.

Valan se fijó en una rozadura en una bota. Tendría que hablar con Baldwin.

—¿Estás escuchando, Valan?

Se enderezó y recogió su taza de té de la mesa.

—Por supuesto. No creo que tengamos que preocuparnos de que Jeanine se escape con

Gordon—Dio un sorbo a su té, luego apoyó la taza en su pierna y se recostó contra el cojín.

—¿Y si intenta forzarla?

Se rio.

—Dudo que tenga el valor.

—Ese encuentro en el parque no fue casual—dijo Peigi—. Le preguntó si podía visitarla.

Valan se rio, pero la escena la imaginó vívida con ojos en la mente.

—¿Cuál fue la respuesta de mi pupila a su avance?

—No respondió. Le informé de que debía hablar con usted.

Valan la miró con dureza.

—Agradezco tu preocupación, Peigi, pero podrías permitir que Jeanine hablara por sí misma la próxima vez.

Ella frunció el ceño.

—¿La próxima vez? ¿Crees que le volverá a preguntar?

—Creo que no puede evitarlo.

—¿Le dejarías cortejarla?—preguntó Peigi. Luego, antes de que él pudiera responder, ella añadió:—Así que ese es tu juego. Esto es bajo, incluso para ti, Valan.

—¿Qué es bajo incluso para mí?—preguntó él.

—Usar a la chica para vengarte de Gordon. El incidente de la pistola ocurrió hace veinte años. Incluso tú deberías haberlo olvidado ya.

—¿Eso crees?—preguntó—Estoy seguro de que Gordon no lo ha olvidado.

Peigi lo miró de esa manera que usan las mujeres cuando están descifrando algo sobre un hombre que ese hombre preferiría no saber.

—Quizás la muchacha te está utilizando.

—¿De verdad lo crees?—Él lo consideró—Sería una experiencia novedosa.

Peigi se encogió de hombros.

—Le has comprado un vestuario nuevo. Vive aquí, en una de las casas más lujosas de Edimburgo. Viaja con el máximo estilo. Los sirvientes atienden todos sus caprichos. Las mujeres han utilizado a los hombres por mucho menos.

—No puedo contradecirte en ese asunto— señaló—. En el caso de Jeanine, sin embargo, ella no pidió nada de eso.

Peigi resopló.

—Señor, pero ni en un millón de años habría imaginado que pudieras ser tan ingenuo.

—¿Ingenuo?—dijo—Hoy es un día verdaderamente singular. Primero, estoy siendo utilizado por una mujer, ahora soy ingenuo.

—¿A qué mujer no le gustaría vivir el estilo de vida que le has proporcionado?—preguntó ella.

—¿Por qué no le iba a gustar?—Sorbió más té y luego devolvió la taza a su pierna.

La mirada de ella se agudizó.

—Nunca te he visto así con nadie.

—¿Así cómo?—Se rio.

—¿Y si ella desarrolla verdaderos sentimientos por Lord Gordon?

—Jeanine es demasiado sensata para eso. Además, ella quiere a un caballero anciano que ya enfrente su próxima etapa.

—Para que ella pueda usar su dinero para abrir una escuela de señoritas—comentó Peigi.

Él se quedó mirando la taza de té, recordando la noche en el jardín cuando Jeanine le reveló su plan.

—Todo un plan, ¿no te parece?

—Ojalá pudiera volver a casa y casarse con el joven que está enamorado de ella.

Valan levantó la vista.

—¿Qué joven?

—Joshua. La trajo hasta aquí en su carro, con su hermana menor y su cuñado como acompañantes.

Valan asintió lentamente.

—Hoy es realmente un día singular. Es una eventualidad que no había considerado. Por supuesto, es natural que algún zagal haya caído presa de sus encantos. ¿Qué sabes de este joven?

—Deduzco que es un granjero local. Ella habló de la vida en su casa de campo, criando a sus hijos.

—La mayoría de las mujeres de su rango aspiran a una vida así—murmuró él—. Pero no Jeanine.

—¿Estás seguro?—preguntó su prima.

—Ella fue muy clara en ese aspecto.

Peigi se encogió de hombros.

—Supongo que no tiene importancia. Sospecho que no puede volver a casa.

Valan frunció el ceño.

—¿Qué quieres decir?

—Me dijo que no podía volver a casa porque su madre se acaba de volver a casar.

El recuerdo de su conversación de aquella noche en el jardín se apoderó de él. *"...mi madre decidió volver a casarse, hace dos años"*—había dicho ella—. *"Acaban de casarse el año pasado, por lo que sabía que tenía que tomar medidas"*.

—*¿Te enseñó tu madre a no confiar en los hombres extraños?* —había preguntado él.

Ella le respondió: *"Oh, eso lo aprendí por mi cuenta, y normalmente tampoco puedes confiar en los que conoces"*.

—Su padrastro—susurró él. Si el hombre se atrevió a... Su taza de té se hizo añicos. Los restos de té le mancharon los pantalones. Se enderezó.

—¡Valan!—gritó Peigi—¿Qué demonios?— Ella lo miró a los ojos mientras él recogía los trozos de la taza—¿Estás herido?—le preguntó.

—No—Puso los trozos de porcelana en la bandeja, tomó una servilleta y se limpió la mancha húmeda de sus calzones.

Recogió dos trozos de porcelana rotos del suelo y los puso en la bandeja junto a los otros.

—Veo que la idea te perturba tanto como a mí.

No tuvo que preguntar a qué se refería.

—Sí.

—¿Piensas encontrarle una pareja?—preguntó Peigi—La idea de un caballero mayor está descartada.

—Me avergüenza admitir que he pensado poco en el asunto—Tiró la servilleta sobre la mesa y cruzó las piernas.

—Entonces, ¿pretendes vengarte de Lord Gordon y luego mandarla de paseo?—preguntó Peigi con una perspicacia poco habitual.

Él tampoco había pensado en eso. Parece que no había considerado este plan tan bien como creía. Sí, un día verdaderamente singular en más sentidos de los que le interesaba admitir.

—Es mejor que le encuentres alguien antes de que sea demasiado tarde. ¿Estás de acuerdo?—preguntó Peigi.

—¿Demasiado tarde?—repitió—Peigi, su reputación está tan a salvo conmigo como lo estaría contigo.

Ella dio un zumbido frustrado.

—No es eso. Oí los susurros a sus espaldas en la fiesta.

Él se puso tenso.

—¿Qué tipo de susurros?

—No puedes sorprenderte, Valan. Es una chica de campo. Las damas de la ciudad no son amables con las chicas de su clase.

—Si por «de su clase» te refieres a las chicas que no están obsesionadas con llevar un vestido nuevo a cada fiesta y lanzarse en el camino de cualquier hombre elegible, entonces, sí, tienes razón.

Su mirada se centró en él.

—Mmm—tarareó ella.

La puerta se abrió bruscamente y la señorita Stone se apresuró a entrar. Se le habían soltado algunos mechones de cabello del moño, lo que la hacía parecer más joven, y una sombra perturbaba sus ojos, habitualmente tranquilos. Recorrió la habitación y se detuvo cuando su mirada se posó en ellos. Valan nunca había visto a la señorita Stone con otro aspecto que no fuera el de la serenidad y el cuidado.

—Ha vuelto de la fiesta de cartas, señorita Stone—dijo—. ¿Dónde está la señorita Matheson?

Ella dudó. Él nunca la había visto dudar.

—Debo hablar con usted, mi señor, a solas.

—Puede hablar libremente delante de Lady Guilford—dijo él.

—Como quiera, señor. Me temo que me echará sin referencias. Solo le pido que, una vez que encuentre a la señorita Matheson, me haga saber que está a salvo.

Valan dejó caer ambos pies al suelo y se inclinó hacia delante.

—Me alarma, señorita Stone. ¿Qué quiere decir con «una vez que la encuentre»? ¿Está perdida?

—No está perdida, señor. Secuestrada.

Cuando la señorita Stone terminó su relato, Valan volvió a mirar el anillo de esmeralda que llevaba.

—Cuando dije que hoy era un día singular, no sabía cuánta razón tenía.

—Debemos ir de inmediato a la casa de Lord Gordon y exigirle que nos devuelva a Jeanine—exclamó Peigi.

—Eso es exactamente lo que él esperaría que hiciéramos—dijo Valan con gravedad.

—¿No querrás dejarla con él?—gritó Peigi.

—No lo hago—Valan miró a la señorita Stone, que estaba sentada en la silla a su izquierda, con las manos apretadas en el regazo con más fuerza que de costumbre—. ¿La buscaste durante media hora sin dar con ella?—preguntó—¿Gordon estuvo contigo todo ese tiempo?

Ella asintió.

—Al menos durante ese tiempo, no pudo estar al tanto de su paradero.

V—Me sorprende que mi carruaje no haya regresado. ¿Les ordenó que se quedaran allí hasta que vieran a Jeanine?

—Sí, mi señor—Ella lo miró fijamente—. A pesar de su orden de no decírselo, debí haber venido directamente para acá.

—En ese punto, estamos de acuerdo—afirmó él—. Lo dejaremos para más adelante. En primer lugar, me gustaría saber si mi carruaje está todavía allí. Si lo está, entonces Gordon esperará una visita mía.

Se levantó y cruzó hacia la puerta, luego tiró del timbre.

Un momento después, apareció Baldwin.

—Por favor, haz que ensillen mi alazán inmediatamente—ordenó Valan—. Estaré listo para partir en quince minutos.

Baldwin se inclinó y se fue.

—No puedes ir solo—dijo Peigi—. A Lord Gordon nada le gustaría más que terminar lo que empezó hace veinte años.

Valan levantó una ceja.

—Hace solo una hora me dijiste que debería haberme olvidado ese incidente.

Se burló.

—Hace una hora, él no había secuestrado a Jeanine. Oh, cómo me gustaría dispararle yo misma.

Él la miró sorprendido.

—Peigi, nunca te había visto tan apasionada.

Su ceño se frunció en una profunda mueca.

—Eres muy indiferente para ser un hombre cuya pupila ha sido secuestrada.

—Todo lo contrario—dijo él—. Pero pienso guardar mis pasiones para Gordon.

—Dese prisa, señor—dijo la señorita Stone—. Tengo mucho miedo de que le haga daño.

—Eso es poco probable—dijo Valan—. Es a mí a quien quiere herir.

—¿Iría tan lejos como para intentar obligarla a casarse con él?—preguntó Peigi, pero antes de que él pudiera responder, ella añadió:—Voy a ir contigo. Mi presencia le obstaculizará.

—Me sorprendes, Peigi.

Ella le dirigió una mirada altiva.

—¿Por qué? Crees que no tengo cerebro.

—No, querida. Simplemente, rara vez te veo usarlo—Se dirigió hacia la puerta.

—¿Debo ir yo también, señor?—preguntó la señorita Stone.

—Si Peigi viene, tú vienes.

Se escuchó un alboroto en el pasillo y llegó a la puerta cuando se abrió de golpe. Entró Jeanine, acompañada por el señor Potts y Baldwin.

—Lo siento, señor—dijo Baldwin—. El señor Potts insistió en acompañar a la Srta. Matheson hasta usted.

—Le ruego que me disculpe, señor—dijo el señor Potts—, pero la joven señorita no estaba de acuerdo en volver a casa. La señorita Stone tenía muy claro que la veríamos en casa si salía de la mansión de Lord Gordon.

Valan se fijó en el cabello que se había soltado del suave moño de Jeanine, en su manga rasgada y en el puñado de sobres envueltos en un lazo que sostenía. Sus labios tensos en expresión de desafío.

—Cuando salió del callejón detrás de la casa de Lord Gordon nos apresuramos a recogerla, pero no quiso venir con nosotros—continuó el señor Potts—. Tuvimos que obligarla a subir al carruaje.

Valan le miró con dureza.

—¿Fue entonces cuando se le rompió el vestido?

El señor Potts se incorporó.

—Nunca le dañaríamos ni un cabello. Salió de la casa de Lord Gordon con este aspecto.

Valan miró a Jeanine.

—¿Es verdad?

—El señor Potts me secuestró—dijo ella.

—Tenía la impresión de que fue Gordon quien lo hizo—dijo Valan.

Le tembló el labio inferior y luego la furia brilló en sus ojos.

—Intentó secuestrarme. Pero le rompí la cabeza con un atizador y escapé.

—¿Le rompiste la cabeza con un atizador?— repitió Valan conmocionado.

Ella asintió.

—¿Debo suponer que lo mataste?

—Desgraciadamente no, su cabeza es demasiado dura para que pudiera matarlo tan fácilmente.

—Debo admitir que me siento muy aliviado— dijo Valan.

—Se merecía que lo mataran—aseveró ella con furia.

—Estoy muy de acuerdo—dijo Valan—Solo que no debías ser tú quien lo matara.

Sus ojos se iluminaron.

—¿Lo matarás, Grey?

Él frunció el ceño.

—Tu amor por la violencia me preocupa, querida—Miró a Baldwin y dijo:—No necesitaré mi alazán, Baldwin—Luego, al conductor:—Tengo una gran deuda con usted, señor Potts.

—Harry merece tanto crédito como yo, mi señor.

—¿Harry?—Preguntó Valan.

—Sí, señor, Harry MacLean, el lacayo que estaba conmigo.

Valan asintió.

—Parece que estoy en deuda con ambos.

—No piense en ello, mi señor—El hombre se inclinó y se fue con Baldwin.

Valan se volvió hacia la señorita Stone.

—Yo también le debo las gracias, señorita Stone.

—No veo cómo, señor, ya que es mi culpa que la señorita Matheson fuera secuestrada.

—Yo no iría tan lejos—dudó—. Pediré, sin embargo, que la próxima vez que ustedes dos decidan un plan, hablen conmigo primero.

—No es su culpa—dijo Jeanine—. Le dije que no te lo dijera.

Valan asintió.

—La culpa es tuya, no temas, querida. Pero eso lo discutiremos más tarde. Por ahora, me gustaría que tú y la señorita Stone subieran a descansar. Cenaremos y luego iremos a la ópera.

—No quiero ir a la ópera—dijo ella.

—Entiendo que has tenido un día difícil—dijo—. Pero te pido que me haga este favor—Miró a la señorita Stone—. Me gustaría que nos acompañaras, y Peigi, si Richard puede prescindir de ti, también requiero tu presencia.

La señorita Stone se levantó y se dirigió a donde estaba Jeanine.

—¿Está ilesa, señorita Matheson?

—Sí, no me ha hecho ningún daño.

La atención de Valan se fijó en los sobres que ella sostenía.

—¿Qué son esos?

Ella los miró como si los hubiera olvidado.

—No te va a gustar.

—¿Significa eso que tienen algo que ver con el complot de Gordon para excluirme de la sociedad?

Jeanine miró a la señorita Stone, con dolor en los ojos.

—Se lo has contado.

—No la culpes—dijo Valan—. Ella creía que te habían secuestrado. ¿Me los das, por favor?

Ella dudó.

—Con una condición.

Él esperó.

—Me prometes no actuar.

—Hace un momento querías que cometiera un asesinato.

Ella miró al suelo.

—Sí, pero si lo hicieras sería calculado. Después de leer estas cartas, estarás tan enfadado que podrías cometer un error—Ella levantó los ojos y lo miró—. Tú... no puedes ser asesinado y no puedes verte envuelto en otro escándalo, si vas a casarte con Lady Claire.

—¿Casarme con Lady Claire?—soltó él—¿De dónde has sacado esa idea?

Sus ojos se abrieron de par en par.

—Lo he escuchado.

—No tengo intención de casarme con Lady Claire—dijo él.

—¿Su hermano no está en negociaciones para que te cases con ella?

—Su hermano lleva dos años intentando convencerme de que me case con ella—dijo Valan.

—Verá—dijo la señorita Stone—, yo le dije que usted no quería casarse con ella.

—Pero yo...

—Sube a tus habitaciones—interrumpió Valan a Jeanine. Ella suspiró, y luego comenzó a girar hacia la puerta—. Jeanine—Se detuvo—. Las cartas, por favor.

El miedo brilló en sus ojos, pero se las entregó y salió de la habitación como una mujer que camina hacia la horca.

La puerta se cerró tras ellas y Valan volvió a sentarse en el diván. Sacó la cinta de los sobres.

—Peigi, prefiero que no hables de mis asuntos personales con nadie, con Jeanine en particular.

—Lo siento—lamentó ella—Pero es cierto que el conde te envió un contrato.

—El cual devolví rápidamente sin abrir, por tercera vez.

—Se preocupa por ti, Valan.

Se rio mientras sacaba un papel del primer sobre.

—Lady Claire solo se preocupa por sí misma.

—Me refería a Jeanine.

Levantó la vista hacia ella.

—Ella está protegiendo tu reputación.

—¿Te imaginas?—dijo él—Una inocente quiere proteger al Lucero. Es probable que no vuelva a vivir un día como el de hoy.

Sacó la carta del primer sobre y comenzó a leerla.

Capítulo trece

Cuando entraron en el teatro de la ópera, las miradas furtivas y los murmullos en voz baja le dijeron a Valan que el chisme de que Jeanine había rechazado la petición de Lord Gordon se había extendido por Edimburgo más rápido y a fondo de lo que él esperaba. Tendría que agradecérselo a Peigi. Su red de chismosos era impresionante.

Mantuvo a Jeanine cerca. Entre él, la señorita Stone y Peigi, ella estaría a salvo. Valan tuvo que admitir que nunca había disfrutado tanto de la ópera, y el intermedio llegó demasiado pronto. Pidió un refresco y se levantó. Se estaba haciendo viejo para estar sentado tanto tiempo sin estirarse. Llamaron a la puerta del palco. Todas las mujeres le miraron.

Se dirigió hacia la puerta.

—Por favor, no se enfade—le rogó Jeanine.

—¿Por qué tengo que enfadarme, querida?—Él abrió la puerta.

El joven Martin Hayes estaba de pie fuera de su palco en el pasillo poco iluminado. Valan tenía una buena idea de lo que quería el muchacho. Una inesperada tristeza le apuñaló.

—Mi señor—comenzó Martin.

Valan levantó una mano, con la palma extendida, y miró por encima del hombro a las mujeres. Su atención se centró en el vestido de satén azul noche de Jeanine. La tela abrazaba sus curvas y casi brillaba a la luz de las velas. Se encontró con su mirada. El miedo brillaba en los ojos de ella.

Él sonrió suavemente.

—Señoras, disculpen. Estaré justo en la puerta, hablando con el Sr. Hayes—Salió de la habitación y cerró la puerta.

—Milord, perdone la intromisión—comenzó Martin, y luego esperó a que pasaran un hombre y una mujer. Cuando estuvieron fuera del alcance del oído, dijo:

—¿Qué es esta tontería de que mi abuelo se casa con una joven?

—Quizá deberías hablar con tu abuelo—dijo Valan.

—Lo he hecho, pero se niega a darme más detalles que el hecho de que conoces a la dama. ¿Es eso cierto?

—Lo es—dijo Valan.

—Señor, seguro que se da cuenta de que mi abuelo es bastante mayor. ¿Qué puede querer con cualquier esposa, y mucho menos con una joven?

—Quizás cuando seas un anciano lo entenderás—comentó Valan.

El muchacho se puso rígido.

—Soy un hombre de mundo, y no ignoro los encantos de una dama. Pero mi abuelo... maldita sea, señor, ella no puede ser de ninguna utilidad para él, y él ciertamente no puede ser de ninguna utilidad para ella.

—Es posible que subestime a su abuelo—respondió suavemente, y se sobresaltó al darse cuenta de que ese pensamiento le molestaba.

Martin frunció el ceño como si Valan estuviera loco.

—Exijo que deje de interferir en los asuntos de mi abuelo.

—Yo diría que eres tú quien se entromete.

—La joven no será bienvenida en nuestra casa— espetó Martin.

Valan le miró con los ojos entornados.

—¿Te refieres a la Casa Whitmore o quizás al Castillo Howton?

El muchacho se quedó con la boca abierta.

—¿Está diciendo que nosotros, su familia, no seremos bienvenidos en la casa de nuestro abuelo?

—Creo que eso es lo que tú estás diciendo.

Un criado llegó con los refrescos que Valan había pedido. Se hizo a un lado y permitió que el hombre entrara, luego le dijo a Martin:

—Me vas a disculpar. Espero que disfrutes del resto de la ópera—Valan inclinó la cabeza en una ligera reverencia, luego volvió al palco de la ópera y cerró la puerta.

* * *

Cuando finalmente llegaron a casa, Jeanine no se sorprendió cuando Grey insistió en que Peigi se quedara a pasar la noche, ya que su casa estaba a casi una hora de distancia. Tomó la habitación de invitados importantes.

A pesar de la insistencia de la señorita Stone en que tenía que ayudar a Jeanine con su aseo nocturno, Jeanine envió a la señorita Stone a sus aposentos. Jeanine se sentó en el banco de su tocador, con el corazón lleno de una mezcla de alivio y aprensión. La media docena de oraciones que había enviado durante la ópera habían sido respondidas. Lord Gordon no había aparecido. Pero ella sabía muy bien que no había terminado con el marqués. Grey dijo que no iba a casarse con Lady Claire, pero ¿y si eso había sido una mentira para que no se sintiera responsable por los problemas que había causado?

En cualquier caso, Lord Gordon podría—y lo haría—arruinarlo por culpa de ella. Por no mencionar que Grey seguro se vengaría por las horribles cartas que Lord Gordon había escrito. Grey no le había dicho ni una palabra sobre las cartas, pero no lo haría. Lady Guildford tenía razón; Grey era un hombre intensamente reservado.

Su corazón se estrujó. Tenía que dejar Finley Hall.

Mañana por la mañana, antes de que Grey y la señorita Stone se levantaran, se escabulliría. Las lágrimas se le agitaron. Grey podría encontrar alguna dama respetable con la que casarse. Tal vez incluso Lady Claire. Lady Claire ciertamente no querría casarse con un hombre que tuviera como pupila a una mujer adulta. El corazón de Jeanine comenzó a latir rápidamente. Eso significaba que cuando le dio las buenas noches a Grey hacía diez minutos, ésa fue la última vez que lo vio. Si hubiera sabido que ese iba a ser su último adiós, se habría quedado un momento más. Habría memorizado un poco mejor su cara, la mirada fría de sus ojos. Incluso habría apretado su mano para sentir el calor de su contacto por última vez.

Jeanine se levantó de un salto y empezó a pasearse. ¿Podía realmente irse sin verlo al menos una vez más? Sacudió la cabeza. Simplemente estaba tratando de convencerse a sí misma de no irse mañana. Tenía que irse antes de que Lord Gordon tuviera la oportunidad de poner en marcha otro plan.

Se secó las lágrimas y se dirigió a la pequeña secretaria cerca de la ventana. Se sentó, sacó una pluma y un papel y escribió una breve nota en la que explicaba a Grey que había regresado a casa y que no debía preocuparse.

Dudó sobre la firma. ¿Debería decir *«Tuya, Jeanine»*? ¿O *«Amistosamente, Jeanine»*? Tal vez eso era demasiado personal. Tal vez debería firmar «Srta. Matheson». Miró su saludo. *Querido Grey*. No podía llamarlo Grey y luego firmar como «Srta. Matheson». Tenía que firmar con su nombre de pila. Se lo pensó un momento más y luego escribió: *«Amistosamente, Jeanine»*. Dobló la nota y la miró fijamente. Lo único que le quedaba era escaparse mañana por la mañana.

Pero faltaban horas para la mañana.

Jeanine se levantó de un salto. Abrió la puerta y salió al pasillo, pero se detuvo bruscamente cuando la señorita Stone se levantó de la silla situada en la pared de enfrente.

—Señorita Stone, ¿qué estás haciendo aquí?

—Perdóname, señorita Matheson, pero temías que intentara huir. No deberías, sabes. Lord Northington se ocupará de Lord Gordon.

Las lágrimas presionaron el fondo de los ojos de Jeanine. ¿Dónde encontraría una amiga más fiel? Nunca. Pero no podía decirle a su buena amiga la verdad.

Jeanine sonrió.

—Todavía estoy vestida. Nunca me escaparía en vestido de noche.

—No estoy tan segura.

Jeanine se rio.

—No puedo dormir. Voy a bajar a ver si Grey sigue levantado. Vete a la cama y te veré por la mañana—Jeanine comenzó a girarse.

—Señorita Matheson.

Jeanine se detuvo.

—Siento haberte abandonado en casa de Lord Gordon.

—¿Qué? No me abandonaste—La culpa la asaltó.

Jeanine la abrazó. Por un instante creyó detectar un temblor en la señorita Stone, pero ésta se apartó y se quedó mirando con su habitual expresión serena.

—Te veré por la mañana—dijo Jeanine.

—¿Lo prometes?

Ella sonrió.

—Lo prometo.

La señorita Stone asintió y Jeanine bajó a la biblioteca de Grey. No podía permitirse pensar en la señorita Stone, pues Grey adivinaría en un instante que algo iba mal. Una suave luz se extendió por debajo de la puerta de la biblioteca. Su pulso se aceleró. Todavía no se había ido a la cama.

Llamó a la puerta. Él dijo «Entre» y ella abrió la puerta.

El marqués levantó la vista con sorpresa. Aparte de la modesta luz del pasillo, la habitación estaba iluminada por un único candelabro situado sobre el escritorio donde estaba sentado. Una de las cartas de Lord Gordon yacía abierta ante él, las otras en una pila a su derecha.

Dobló la carta y se levantó. Se había quitado el abrigo y la corbata. Los botones superiores de la camisa estaban desabrochados, dejando al descubierto la piel bronceada, y las mangas estaban remangadas hasta los antebrazos. Un extraño temblor la recorrió.

—¿Pasa algo?—le preguntó.

Jeanine empezó a cerrar la puerta, pero recordó que él le había dicho que nunca debía cerrar la puerta cuando estuvieran solos en una habitación.

Cruzó hasta su escritorio y dijo:

—No podía dormir.

Él sonrió suavemente.

—Ya veo. Sigues en vestido. Pero ya es hora de que nos vayamos a dormir, ¿no te parece?

Su corazón se desplomó.

Él sonrió.

—Quizá un jerez nos relaje a los dos.

Ella sonrió a su vez.

—Sí, por favor.

Él sirvió el jerez y luego se enfrentó a ella, con las copas en la mano.

—¿Nos sentamos?

A Jeanine se le ocurrió una idea.

—¿Podemos jugar una partida de ajedrez?

Él levantó una ceja.

—¿Juegas?

Ella asintió.

—A mi padre le encantaba jugar, pero ninguno de mis primos jugaba con él, así que me enseñó.

Grey se acercó y le entregó una de las copas de jerez.

—Tu padre parece un hombre ilustrado.

Ella se rio.

—Es más probable que estuviera desesperado por tener alguien con quien jugar. Soy una buena jugadora.

Grey inclinó la cabeza.

—Podemos empezar una partida y terminarla mañana, si es necesario.

Se sentaron en la mesa de juego y colocaron las piezas. Jeanine se sintió como si existieran en su propio mundo privado, con la luz de las velas envolviéndolos en una luz suave mientras el resto de la habitación estaba en la sombra. Grey tomó las piezas negras, por supuesto, y ella las blancas. Jeanine se tomó su tiempo para decidir la primera jugada. Grey decidió su primer movimiento más rápidamente que ella, pero tenía la intención de alargar la partida todo lo posible. Con la cabeza ligeramente inclinada, como si su atención estuviera en el tablero, levantó los ojos y estudió la expresión seria de él cuando le llegó el turno de mover.

A los veinte minutos de la partida, él se recostó en su silla y dio un sorbo a su jerez, con los ojos puestos en el rostro de ella.

—Ya veo por qué a tu padre le gustaba jugar contigo. ¿Era un buen jugador?

—Oh sí, mucho mejor que yo.

—Entonces era bastante bueno.

Jeanine movió su caballo

—Tu turno—Le dio un sorbo a su jerez—. ¿Cuáles son tus planes para mañana?

—No tengo ningún plan en particular. Casi nunca los tengo.

—¿De verdad? Pero siempre pareces estar ocupado—dijo ella.

Su boca se levantó en una pequeña sonrisa.

—¿Lo parezco?

—¿Qué haces todo el día?

—Nada que pueda interesarte.

Ella se inclinó hacia delante.

—Pero me interesaría.

Esta vez él estudió el tablero un poco más.

—¿Te ha gustado tomarme como tu pupila?—preguntó ella.

—Sí.

—¿A pesar de todos los problemas que he causado?

Él sonrió, pero mantuvo su atención en el tablero.

—A pesar de todos los problemas que has causado—Movió su reina.

—Siento mucho los problemas con Lord Gordon.

La miró con dureza.

—Eso no fue culpa tuya.

—Pero fui a su casa y no debí hacerlo.

El marqués volvió a tomar su copa de jerez y recostó su asiento.

—Es cierto, no debiste hacerlo. Pero lord Gordon era problemático mucho antes de que tú llegaras.

Ella frunció el ceño.

—Dijo algo de salvar a otro inocente de tus garras.

La expresión de Grey se ensombreció. Se bebió lo que quedaba de jerez de un trago, se levantó y se dirigió al aparador.

—¿Dijo algo más?

—No. Le pregunté qué quería decir, pero fue muy críptico. Sabía que estaba mintiendo. Es una persona terrible—El recuerdo de sus palabras le encendió la sangre—. Casi desearía haberle matado cuando le golpeé con el atizador. Quería hacerlo.

Valan volvió a su asiento.

—Alégrate de no haberlo hecho. Podríamos habernos visto obligados a huir a Francia o, peor, a las Colonias.

Pensó en ella y en Grey en Francia, asistiendo a bailes y tomando café cada mañana.

—¿Habría sido tan terrible?

—En efecto, lo habría sido—dijo él con tal convicción que a ella le dolió el corazón. Debió de leer su expresión, porque dijo:—No porque no disfrute de tu compañía, sino porque no me gustaría que fueras una criminal buscada.

—¿De verdad?—preguntó ella—¿Mi compañía no es tan terrible?

Una extraña luz iluminó los ojos de Grey.

—No es tan terrible, en absoluto.

—Te prometo que no daré más problemas—dijo ella.

A ella le pareció que él le vio por un momento la boca, entonces la deslumbró con una brillante sonrisa y dijo:

—No puedo imaginar cómo lo lograrás—y ella decidió que se había equivocado.

Su corazón se retorció. Esta sería la última vez que vería ese brillo en sus ojos. Agachó la cabeza y miró las piezas de ajedrez.

—Gracias por hacerme tu pupila. He sido muy feliz.

—Entonces yo también soy feliz—murmuró él con una voz extraña.

Jeanine asintió y no se atrevió a mirarle por miedo a llorar. Ella movió su torre. Él alcanzó la suya, y la mirada de ella se fijó en los largos dedos del marqués mientras movía su pieza de ajedrez por el tablero en línea con su reina.

—¿De verdad, Grey?—dijo ella con desdén— Ese movimiento es demasiado obvio. Si no lo viera, sería una auténtica tonta.

—Y tú no eres ninguna boba.

Ella le clavó la mirada.

—Estás planeando una trampa.

Los ojos de él se abrieron de par en par en señal de inocencia.

—¿Yo? Nunca.

Jeanine estudió el tablero. Si sus cálculos eran correctos...

Una sombra cayó sobre la alfombra a su derecha y ella levantó la vista y jadeó. Lord Gordon estaba en la puerta.

—Qué cómodos se ven ustedes dos —dijo con fingida dulzura.

La palabra «cómodos» sonó más bien a «comodof». ¿Estaba borracho?

—Parece que estuve más cerca de lo que pensaba de dar en el clavo con ustedes dos.

«Parece» sonó a «porese».

Valan se levantó.

—Es tarde, Gordon. ¿Por qué estás aquí?

Lord Gordon entró en la habitación inclinándose un poco a la derecha.

—Sabes muy bien por qué estoy aquí—Las palabras más que dichas en inglés eran un gruñido universal de borracho.

—Me preocupa que el lacayo que debería haberte acompañado a pasar no te haya anunciado—dijo Valan.

—No te preocupes por él—espetó Lord Gordon. —¿Cómo te atreves a decirle a todo el mundo que ha rechazado mi cortejo? No puedes soportar que te haya superado hace veinte años, Lucero—dijo con desdén el nombre—. Desprecias a la sociedad, pero te reciben con los brazos abiertos—Sus ojos se fijaron en las cartas que estaban sobre el escritorio. Dio dos pasos hacia el escritorio y tomó los sobres—. Así que tu zorrita vino directamente a ti—Tiró los sobres a la alfombra—. Tanto mejor. Los sirvientes susurrarán que vieron las cartas en tu biblioteca—Sus ojos inyectados en sangre se dirigieron a Jeanine—. Pensé que eras diferente.

La ira la invadió. Se puso en pie de un salto.

—¿Diferente de qué?

—Creo que se refiere a una vieja amiga mía—dijo Grey.

—Vieja amiga, eso es generoso—dijo Lord Gordon—. Ella era solo otra de tus putas.

—Estar borracho no es excusa para ser un mentiroso—dijo Grey con una voz tan fría que provocó un escalofrío en la espalda de Jeanine.

Grey empezó a acercarse a él. Lord Gordon metió una mano en el bolsillo de su abrigo y sacó una pistola. Grey se detuvo. Jeanine respiró con fuerza. Grey se puso delante de ella.

—Tu disputa es conmigo, Gordon.

Gordon soltó una carcajada despiadada.

—Te crees muy superior al resto de nosotros— Sus ojos brillaron—. Yo estaba allí, sabes.

—¿Allí?—repitió Grey como si estuvieran discutiendo nada más que el té de la tarde.

—Cuando encontraron a tu padre.

La atención de Jeanine se fijó en cómo las manos de Grey se volvían puños.

—Su muerte debería haber acabado contigo— dijo Gordon con tanto rencor que Jeanine deseó tener otro atizador para esta vez sí reventarle los sesos. Lo mataría si pudiera. La boca de él se torció hacia arriba en una sonrisa maliciosa—. ¿Qué se siente al ser culpable del mismo crimen del que fue culpable el asesino de tu padre? Es un asesino, lo sabes. Cuando Lord Graves ganó la fortuna de tu padre, bien podría haber apretado el gatillo de la pistola que tu padre utilizó para dispararse. ¿El hombre cuya fortuna ganaste se disparó también?—Lord Gordon dio un paso hacia ellos—Has guardado ese secreto celosamente. ¿Quién era?

—Un francés—respondió Grey—. No lo conoces.

Un escalofrío como de dedos fríos subió por la columna vertebral de Jeanine. Tuvo la extraña sensación de que Grey estaba mintiendo.

—¿Qué quieres?—preguntó Grey.

—Pienso casarme con ella—Hizo un gesto con la pistola en dirección a Jeanine.

—No me casaré contigo—exclamó Jeanine.

—Me imagino que piensas dispararme primero—dijo Grey con voz llana.

Le apuntó a Grey.

—Venga aquí, señorita Matheson, o le dispararé.

—Quédate donde estás, Jeanine—dijo Grey—. Lo siento, Gordon, pero no puedo permitir que te la lleves.

—¿Cómo vas a detenerme? No tienes una pistola en tu casa. No soportas verlas, tengo entendido. La noche que te metiste en el dormitorio de Lady Victoria, no opusiste la más mínima resistencia. Cuando te apuntamos su hermano y yo te dejamos indefenso como una niña.

—Ganaste—afirmó Grey—. ¿No es suficiente?

—Ella nunca dejó de hablar de ti—gruñó—. Su hermano tuvo que echarla.

—Ella tenía quince años—comentó Grey—. Las muchachas de esa edad son propensas al mal de amores. Se casó con un vizconde y tiene tres hijos.

—Ella debió ser mía—dijo Lord Gordon—. Lo habría sido, pero tú la arruinaste.

—Nunca la toqué—dijo Grey.

—Mentiroso—siseó. Mirando a Grey, dijo:—Ven aquí, señorita Matheson. Desafíame y le dispararé.

—Es imposible que te salga con la tuya—dijo Grey.

—Al contrario. Has dicho que la señorita Matheson me ha rechazado, pero cuando sepan que nos hemos casado, sabrán que eso no era más que un chisme malintencionado tuyo. La sociedad tendrá que reconocer que una simple campesina me prefirió a Lucero.

—Les diré la verdad a todos—espetó Jeanine.

Él le dedicó una dura sonrisa.

—Cuando volvamos de Francia contigo cargando mi hijo, te alegrarás de mi protección. A no ser que realmente lleves ya a su hijo.

Jeanine levantó la barbilla.

—Grey ha sido todo un caballero.

—Qué noble.

Un movimiento en el pasillo llamó su atención.

Grey dio un paso hacia Gordon.

—¡No!—gritó Jeanine—Te disparará.

La señorita Stone se lanzó a través de la puerta. Grey se abalanzó contra Gordon. El arma se disparó con un rugido ensordecedor. Jeanine gritó al ver que Grey se tambaleó. Saltó hacia adelante cuando la señorita Stone chocó con Lord Gordon, pero se sintió como si estuviera luchando a través de arenas movedizas.

El marqués se agarró y tropezó con Lord Gordon. La señorita Stone arañó la mejilla de Lord Gordon. Él aulló y la empujó a un lado. Ella se golpeó contra la alfombra y el marqués se estrelló contra él. Cayeron a la alfombra con un ruido sordo cuando Jeanine los alcanzó. Ella se apartó de un salto mientras los dos hombres rodaban por la alfombra en un abrazo mortal.

La señorita Stone se sentó de un empujón. Jeanine buscó por toda la habitación algo con lo que golpear a Lord Gordon. Sus oídos sonaron. Dos hombres aparecieron en la puerta. Levantó la mirada y vio al caballero que había conocido en la biblioteca de Grey hacía dos días, el barón Rosemund, junto con otro hombre alto y de cabello oscuro.

—Por Dios santo, ¿qué?—El barón Rosemund se abalanzó sobre Grey y Lord Gordon. Le dio una fuerte patada en el costado de la cabeza de Lord Gordon con el tacón de su bota. El hombre se quedó sin fuerzas. Jeanine corrió al lado de Grey y cayó de rodillas junto a él. La sangre manchó la manga de su hombro izquierdo.

El barón Rosemund asintió hacia Lord Gordon.

—Supongo que él es la razón por la que su puerta está abierta y un lacayo yace inconsciente en su vestíbulo.

El marqués le miró bruscamente.

—¿Está muerto el lacayo?

Brendan negó con la cabeza.

—No. Pero apuesto a que mañana le dolerá mucho la cabeza.

—¿Qué estás haciendo aquí?—Grey sonaba realmente molesto.

—Teníamos una reunión—dijo el barón.

Grey gruñó.

—Envié una nota, cancelando.

—Anthony insistió en ignorarla—dijo Rosemund—. Deberías agradecer que lo hiciera.

—¿De qué diablos se trata todo esto?—preguntó el otro hombre.

Jeanine tocó con cuidado la herida de Grey.

—Estás sangrando—Se puso de espaldas a él y lo miró fijamente—. Te ordené específicamente que no te hicieras daño por mi culpa.

Sus cejas se levantaron.

—La bala apenas me rozó—Miró al barón—. Brendan, si quieres—Extendió una mano.

El barón le estrechó la mano y lo puso en pie. Grey buscó a Jeanine, pero ella se puso en pie y le agarró del brazo.

—Debes sentarte—Jeanine miró por encima del hombro—. Señorita Stone, por favor, despierte al señor Baldwin y dígale que llame a un médico.

Lady Guilford irrumpió en la habitación con el Sr. Baldwin y la Sra. McPhee detrás.

Lady Guilford se detuvo en seco, con su gorro de dormir en la cabeza. Sus ojos se abrieron de par en par y su mano voló hacia su corazón.

—¿Qué ha ocurrido? Valan, estás sangrando.

—Una simple herida superficial—dijo él con exasperación.

—Señor Baldwin—dijo Jeanine—, por favor, llame a un médico.

El señor Baldwin miró a Grey, que suspiró y dijo:

—No estará satisfecha hasta que un médico confirme que no me estoy muriendo.

El mayordomo desapareció.

—Sra. McPhee, ¿puede traer té para todos?—preguntó Jeanine.

El ama de llaves miró a Grey. Asintió con la cabeza y ella se apresuró a salir de la habitación.

—Muy inteligente por tu parte, querida—dijo Grey a Jeanine—. Estarán ocupados durante algún tiempo.

—¿Quiere alguien decirme qué está pasando?—exigió Lady Guilford. Lord Gordon gimió y ella se sobresaltó—. Dios mío, ¿es eso...?—Sus ojos se fijaron en el marqués—. Te dije que llegaría demasiado lejos.

—Como siempre, tenías razón, Peigi.

—Deberíamos llamar a un alguacil—comentó ella.

—Sí—Grey miró al Barón Rosemund—. Brendan, te agradecería mucho...

El barón levantó una mano.

—No digas nada más... bueno, hasta que volvamos. Querré escuchar esta historia en su totalidad.

Grey inclinó la cabeza.

—Preferiría contar la historia solo una vez. Cuando venga el alguacil, tú y Anthony podrán escuchar todo en su totalidad.

—Vamos, Anthony.

El barón Rosemund agarró a Lord Gordon por el brazo izquierdo y el otro hombre por el derecho, y lo pusieron en pie. Gimió mientras lo arrastraban hacia la puerta.

—Debes sentarte—Jeanine tiró de Grey hasta el sofá y lo empujó sobre el cojín—. Señorita Stone—Jeanine se giró. La señorita Stone estaba de pie cerca del escritorio, con el cabello alborotado—. ¿Estás ilesa?

—Estoy perfectamente bien.

—¿Qué diablos estabas haciendo en el pasillo?—preguntó Jeanine.

—Temí que no fueras sincera cuando dijiste que me verías por la mañana.

Jeanine se sonrojó, pero dijo:

—Bueno, me alegro enormemente de que estuvieras allí. ¿Podrías traer agua y algunos paños frescos, por favor?

Asintió con la cabeza y se apresuró a salir de la habitación. Solo quedaba Lady Guilford.

—Peigi, si vas a escuchar la historia, te sugiero que te vistas—dijo su señoría—. Brendan y Anthony volverán dentro de una hora sin duda acompañados de un agente.

Ella asintió y se fue.

Entonces Grey miró a Jeanine.

Capítulo catorce

Valan se resistía a admitir que incluso una herida superficial podía doler. Se estaba haciendo muy viejo para esas tonterías. A pesar de que únicamente había sangrado como para arruinar su impecable camisa blanca, Jeanine seguía aplicando presión sobre la «herida».

Valan la miró con ojos severos.

—Ha sido una tontería de tu parte.

—¿Yo?—Ella se dejó caer en el sofá junto a él, con los dedos aún presionados contra la herida—Tú eres el que corrió directamente hacia el cañón de una pistola.

Él gruñó.

—Gordon siempre ha sido un mal tirador.

Los ojos de Jeanine se abrieron de par en par, luego rompió a llorar y enterró la cabeza en su pecho.

Hizo una mueca cuando ella le apretó la herida. Valan agarró su mano y la sostuvo.

—Shh, cariño. Todo está bien. No estoy realmente herido.

—Podrían haberte matado—se lamentó ella.

—Matarme no están fácil.

—Habría sido mejor que no me hubieras conocido.

Su vida había sido mucho menos complicada antes de ella, más tranquila, más fría... sin amor.

—Ahora el escándalo te arruinará—sollozó ella en su camisa—. No podrás casarte con Lady Claire.

Él frunció el ceño.

—Creo que te dije que no tenía intención de casarme con Lady Claire.

—Solo lo dijiste para hacerme sentir mejor.

—Nunca digo cosas solo para hacer sentir mejor a nadie. Nunca he tenido ningún deseo de casarme con Lady Claire.

—Querías pasear con ella por los jardines— balbuceó Jeanine.

Él se rio.

—Eso está muy lejos de querer casarse con alguien.

Ella se echó hacia atrás y le miró con la cara llena de lágrimas.

—¿Qué es querer casarse con alguien?

Con la yema del pulgar, él le limpió las lágrimas de la mejilla.

—Querer casarse con alguien es ser incapaz de imaginar un día sin esa persona.

Ella se enderezó.

—Oh, cielos.

El se puso tenso.

—¿Qué pasa?

Ella miró su regazo y negó con la cabeza. Con un dedo debajo de la barbilla, le inclinó la cara hacia él. Él levantó una ceja y esperó.

Ella le devolvió la mirada durante un largo momento y luego suspiró.

—Si querer casarse con alguien es no poder imaginar un día sin él, entonces quiero casarme contigo.

Él se retorció del anhelo en su interior.

—Quizá haya algo más que eso—dijo.

—¿Como que te guste jugar al ajedrez con esa persona? o...—La mirada de ella se dirigió a la boca de él y permaneció allí durante dos latidos, y luego volvió a levantarse para encontrarse con sus ojos—. ¿O querer darle un beso?

Él le acarició un mechón de cabello que se le había soltado del moño.

—Quieres besar a un joven. Soy demasiado viejo para ti, querida.

—Eso es una tontería. Dije desde el principio que quería un hombre mayor.

—Dijiste que querías un hombre con un pie en la tumba. Estoy, espero, a muchos años de distancia de eso para calificar.

—No quiero que mueras—soltó —.Quiero…— Le miró a través de las pestañas y se mordisqueó el labio inferior—. Quiero que te cases conmigo.

Él sonrió suavemente.

—No creo que eso sea lo que realmente quieres.

—Sí lo es. Tú *debes* casarte conmigo.

Levantó una ceja.

—¿De verdad?

Ella asintió.

—Es la única manera de salvarte del escándalo. Sabes que lo que ha pasado aquí esta noche estará en todo Edimburgo para el desayuno.

En eso tenía razón.

—Y la historia se retorcerá para pintarte bajo una luz muy pobre.

También tenía razón en eso.

—No será la primera vez, ni la última— respondió él.

—La gente se casa todo el tiempo para salvarse del escándalo—señaló ella.

—Tal vez, pero yo estoy demasiado metido en él para salvarme.

Ella continuó mordisqueando su labio inferior.

—Entonces cásate conmigo para salvarme a mí del escándalo—Él comenzó a responder, pero ella añadió:—No puedo volver a casa. El nuevo marido de mi madre nunca lo permitiría.

De todos modos, él no lo permitiría.

—¿Y qué hay de Joshua?—le preguntó suavemente.

La sorpresa parpadeó en sus ojos.

—Joshua es amable, pero si le llegan rumores de que estoy embarazada de tu hijo...—Ella se encogió de hombros.

Valan se imaginó a Gordon desplomado entre Brendan y Anthony cuando lo sacaron de la habitación y se alegró de que se hubiera ido. Si los dos hombres no se lo hubieran llevado, Valan lo habría matado. Aun así... Gordon no tenía toda la culpa.

Miró a Jeanine.

—No es necesario que te sacrifiques. He encontrado un caballero mayor para que te cases.

—¿Lo hiciste?—exclamó ella, y luego frunció el ceño—No me importa. Es casarse contigo o arruinarse.

Él se rio.

—Mujeres más experimentadas que tú han intentado coaccionarme para que me case.

—Creo que quieres decir «engañado». No te estoy engañando. Te estoy diciendo directamente que es el matrimonio o la ruina.

La tristeza le estrujó el corazón.

—¿Por qué querrías casarte conmigo, cariño?

Ella le miró sorprendida.

—Porque te amo, tonto.

Entraron Peigi y la señorita Stone. Peigi llevaba un suave vestido amarillo de día, y la señorita Stone sostenía una palangana y una jarra, con paños limpios colgados del hombro. Se detuvieron el el umbral de la puerta.

—Cásate con el anciano caballero, Jeanine— instó él—. Tu comodidad estará asegurada.

Ella lo miró fijamente, con los ojos brillantes.

—¿No me quieres ni un poco?

Él sonrió con tristeza.

—Te quiero demasiado para casarme contigo. No te merezco.

—Sí, me mereces, y yo te merezco a ti—Ella le echó los brazos al cuello—. Di que sí. Te prometo que no daré más problemas y que haré todo lo que me digas.

—No creo que puedas—dijo él riendo.

Ella se apartó y le miró, con expresión seria.

—Cásate conmigo y me aseguraré de que nunca te arrepientas.

—No seré yo quien se arrepienta, amor.

Ella inclinó la cabeza hacia un lado.

—¿Lo lamentarás si no te casas conmigo?

—Sí, pero esa es mi penitencia.

Jeanine se puso de pie.

—¿Quieres que sea feliz?

Él suspiró.

—Con todo mi corazón.

Ella le tendió la mano. Él la estrechó y se puso de pie. Ella le miró a los ojos.

—No puedo imaginar la vida sin ti.

—Es una locura—susurró él.

Las lágrimas brillaron en sus ojos

—¿Locura?—repitió ella—Es una locura estar separados.

Se preguntó cómo podría afrontar el día de mañana sin que ella irrumpiera en su estudio con algún nuevo regalo o una historia sobre la señorita Stone.

—¿Estás segura? Si nos casamos, no te dejaré ir—No estaba seguro si podría dejarla marchar si se negaba.

Jeanine frunció el ceño.

—¿Adónde iría?

Valan la estrechó contra él y cerró los ojos. Algo primitivo se retorció en su pecho. Ella lo amaba. El impulso de protegerla casi lo asfixió. Ella no necesitaba su dinero, su casa... su cuerpo.

A él. Lo quería a él.

Respiró profundamente, luego aflojó su agarre y miró por encima de su cabeza a su prima.

—Peigi, si estás disponible, requerimos tu presencia dentro de tres días para una boda.

Peigi dio una palmada.

—Debemos empezar a planearla inmediatamente—Frunció el ceño para dirigirse hacia la señorita Stone—. Deje de mirar, señorita Stone, y atienda el brazo de su señoría antes de que finja la muerte para escapar de su propia boda.

La señorita Stone se puso en marcha hacia él, pero Valan bajó la cabeza y besó a su futura esposa.

Un vistazo a la pagina web Un Matrimonio por Necesidad

El Casamentero
Libro Ocho

Reglas de Refinamiento

Tarah Scott

Él quería una noche. Ella necesita toda una vida...

Cuando el padre de la vizcondesa Kinsley lo perdió todo, excepto su casa, y luego se emborrachó hasta morir, los acreedores estaban dispuestos a apoderarse de lo que quedaba. La única esperanza de Anne para salvar a su familia es encontrar un marido a través de la Escuela para Señoritas de Lady Peddington. Sólo que, al graduarse, Anne se encuentra con que es víctima de celosas habladurías que afirman que busca múltiples amantes. Ahora, ningún hombre respetable la quiere.

Kennedy Douglas, vizconde Buchanan, se ha negado a casarse, hasta que su padre, enfermo terminal, amenaza con casar a la hermana menor de Kennedy con un conocido golpeador de esposas, a menos que Kennedy se case inmediatamente y produzca un heredero. El hombre conocido como "**El Casamentero**" empareja a Kennedy con la encantadora vizcondesa Kinsely, pero el tiempo se agota. El padre de Kennedy está decayendo rápidamente, y es el único que sabe dónde está retenida la hermana de Kennedy contra su voluntad.

Capítulo Uno

Anne se apartó de su mejor amiga, Jeanine, retiró el borde de su guante y miró la esfera del reloj plateado y dorado que llevaba prendido en el interior de la tela: 11:57. Si su reloj estaba en lo cierto, y el reloj había mantenido la hora perfecta durante tres generaciones, el tercer baile de la temporada terminaría en tres minutos cuando el minué concluyera. Entonces comenzaría el famoso Baile de Medianoche de Lady Peddington.

Un año de su vida, junto con los fondos que su familia no podía permitirse perder, se había ido. Todo para nada, si no encontraba un marido rico para el siguiente baile, para el que faltaba apenas una semana. Su corazón se estrechó. *Oh, papá, ¿por qué no nos lo dijiste?*

Ella sabía por qué. Su padre había sido un hombre Weber hasta la médula. Eran testarudos hasta la saciedad, decididos a cuidar de los suyos a toda costa y esclavos de los salones de juego. Al final, tuvo la presencia de ánimo para dejar sus cartas antes de perder el castillo en Loch Lomond, y la finca y las tierras al norte de Perth. Su padre, sin embargo, temía no poder resistir la tentación de jugarse lo que les quedaba, y bebió hasta morir.

La necesidad de llorar afloró.

No, el momento de la desesperación ya había pasado. Ella tenía que...

Un caballero alto, moreno y apuesto se acercó. La mente de Anne se puso en alerta. Quedaban dos minutos del respetable baile. Era imposible participar en el baile tan tarde, pero ¿podría este caballero entablar una conversación con ella? Continuó hacia ellos. Anne dirigió su atención a Jeanine. No le convenía parecer demasiado ansiosa.

—Me alegro mucho de que este baile esté a punto de terminar—dijo Jeanine—. Antes conocí a un caballero interesante. Es mayor, aunque no lo suficiente para mis propósitos— Suspiró—. Hace mucho calor y está muy cargado aquí. Creo que esta noche hay más invitados que la semana pasada. Me pregunto si habrá aún más para el último baile de la temporada la semana que viene.

Con el rabillo del ojo, Anne observó cómo se acercaba el hombre. Pasó por delante de un grupo de hombres.

—Sí, esta noche hace calor—dijo Anne a Jeanine--. Podemos volver juntas a nuestras habitaciones, si quieres.

El hombre llegó hasta ellas, y ella y Jeanine se enfrentaron a él. Él miró a Anne. Su pulso se aceleró. Por fin, un caballero iba a hablar con ella. Sería el primero de la noche.

Entonces su atención se desvió hacia Jeanine.

—¿Me honrarías con una vuelta por el salón de baile?

Las lágrimas picaron los ojos de Anne. Agachó la cabeza cuando Jeanine dijo:

—Estoy cansada. Pero Lady Anne está libre. ¿Por qué no caminas con ella?

Anne levantó la cabeza a tiempo para ver cómo el hombre se ponía rígido.

—Le ruego que me disculpe, pero se está haciendo tarde—dijo él—. Debo irme. Que tenga una buena noche—Empezó a darse la vuelta.

—Espere—gritó Jeanine. El hombre se detuvo, con el interés iluminando sus ojos—.¿Por qué no quieres acompañar a Anne?—exigió Jeanine.

—Jeanine—siseó Anne en voz baja, y miró a un grupo de señoras cercanas que fruncían el ceño en su dirección. Pero Jeanine la ignoró.

—¿Sabes que es la heredera de un título?—preguntó Jeanine.

—No necesito ningún título—dijo él, y antes de que pudieran responder, giró y se alejó.

Jeanine se enfrentó a ella.

—Estoy segura de ello. Linda y Dorothy hablan mal de ti. Apuesto a que Fiona también—añadió en un tono oscuro.

—¿Por qué lo harían?" dijo Anne—¿Qué pueden decir que pueda alejar a estos caballeros? ¿Y por qué decir algo? Hay muchos caballeros que buscan damas.

—Porque los caballeros te adularon esa primera noche —dijo Jeanine. Eres más hermosa que cualquier otra dama aquí.

Eso, Anne sabía, era falso. Había algunas chicas muy hermosas aquí. Jeanine era una. Pero no hay que olvidar que Jeanine es muy leal. Sin embargo, algo iba mal, y Anne no podía evitar la sensación de que las chicas que Jeanine había nombrado tenían algo que ver con ello.

Las luces comenzaron a apagarse. Su corazón se desplomó. El respetable baile había terminado. Anne vio a media docena de sirvientes que se movían por el salón de baile y apagaban las velas. Apagaron más de la mitad de las velas, dejando la enorme sala con muchas sombras.

—Es hora de irse —dijo Jeanine.

La ansiedad anudó el estómago de Ana. Una vez que se fuera de la fiesta, tendría que esperar otra semana para tener la oportunidad de encontrar una pareja adecuada. Tenía que haber alguna forma de prepararse para la siguiente semana. No podía sentarse pasivamente en el salón de Lady Peddington y coser, tomar té y hablar del último baile que se avecinaba. Aunque conociera a un caballero esta noche o la semana que viene, ¿qué garantía había de que hicieran pareja? No podía esperar hasta el último momento y limitarse a tener la esperanza de encontrar un marido. Las velas en la mesa detrás de ellas se apagaron, dejándolas en una suave sombra.

Jeanine tiró de su brazo.

—Ven, Anne.

¿Se atreve a quedarse? Anne recorrió el salón de baile. Al menos ciento cincuenta invitados, incluidas las hijas de Lady Peddington, habían asistido al baile de la noche. La mitad de ellos se había marchado. Anne contó a diez graduadas de la Escuela de Señoritas de Lady Peddington entre los invitados. Algunas incluso se habían quitado los guantes. Tres chicas estaban demasiado cerca de los caballeros, y la orquesta tocó un vals. El baile de medianoche había comenzado oficialmente.

Dos caballeros miraron hacia ellas.

—Oh, Dios—susurró Jeanine--. Dos caballeros se dirigen hacia nosotras. Si nos damos prisa, podremos evitarlos.

Anne se enfrentó a Jeanine.

—Rápido, sigue tú. Yo subiré más tarde.

—No, necesitas un marido con dinero—el susurro de Jeanine se hizo urgente—. Estos hombres no pueden ofrecerte nada.

Jeanine podría no estar en lo cierto. Algunas cortesanas recibían regalos muy caros. ¿Podría ella recibir suficientes regalos caros para mantener su patrimonio durante los próximos tres años? Su madre tenía una buena cabeza para los negocios. Podía administrar a los inquilinos mientras Anne ganaba el dinero necesario para plantar y cosechar tres años de cultivos. Después de eso, Dover Hall podría mantenerse a sí misma y al castillo de Dòmnallach.

Pero eso requería mucho dinero...

Los dos caballeros las alcanzaron y se detuvieron más cerca de lo que la propiedad permitía. Pero entonces, esto era el Baile de Medianoche. La propiedad había salido junto con todas las damas apropiadas.

El caballero que se detuvo frente a Jeanine hizo una ligera reverencia.

—¿Me concede el honor de este baile?

Jeanine miró a Ana.

—Sube a tu habitación—dijo Anne—. Yo subiré más tarde.

Vio el brillo de satisfacción en los ojos del hombre que estaba cerca de ella.

—Solo un baile, querida—le instó el admirador de Jeanine.

Jeanine estrechó los ojos hacia Ana.

—Si tú te quedas, entonces yo me quedo—miró al caballero—. Estoy encantada de bailar con usted.

Antes de que Anne pudiera objetar, Jeanine deslizó su mano por el brazo del hombre y permitió que la guiara hacia la pista de baile.

Anne dudó. Debería ir tras ella. Esto era un lío terrible.

—¿Te gustaría dar un paseo por el jardín, cariño?

Anne miró bruscamente al hombre que estaba incómodamente cerca. No tenía experiencia con hombres que buscaban amantes, pero había sido objeto de atención masculina desde los catorce años. Seis años eran suficientes para comprender las pasiones masculinas. Solo dos veces antes un caballero se había referido a ella con un cariño personal (fuera de su padre, por supuesto). La primera, fue el chico del que se enamoró a los dieciséis años. Se desenamoraron un año después, pero siguieron siendo amigos hasta hoy. La otra vez fue un reflejo de esta noche. La intimidad no había sido ganada, y evocaba una sensación de malestar que le erizaba la piel.

¿Era así como se sentía una cortesana? ¿Podía entregar lo más íntimo de sí misma a un hombre que no la consideraba más que un objeto al servicio de su placer? Los recuerdos de su madre sentada ante la chimenea de Dover Hall, cosiendo en una fresca tarde de otoño, y de su hermana, Louisa, entrando a toda prisa en la habitación con un dibujo para enseñarles o un pasaje de un libro favorito que quería compartir, y la respuesta fue un rotundo sí.

¿Pero eso significaba un paseo por el jardín?

Una vez que llegaran al amparo de la oscuridad, ¿qué impediría a este hombre tomar lo que quería y luego no pagar por sus encantos? Se sonrojó al pensar en ello, pero dejó de lado la vergüenza. ¿Cómo hacía una cortesana para conseguir que un hombre le ofreciera un contrato? La respuesta le resultó más fácil de lo que le gustaba. Debía provocar lo suficiente como para que él le ofreciera un contrato, un buen contrato.

Anne inclinó la cabeza y miró al hombre a través de sus pestañas.

—Quizá, señor, sería mejor que empezáramos con un baile. Un paseo por los jardines podría ser algo para personas que están en términos más... íntimos.

Una esquina de su boca se levantó, y el temor se filtró a través de ella.

—Querida, no tengo reparos en contarme entre el afortunado número de tus amantes, pero no tengo intención de ser el hombre que los financie.

Anne parpadeó.

—¿Perdón?—Sus pensamientos dieron un vuelco. *¿Financiarlas?* Respiró con fuerza— ¿Crees que estoy buscando un protector y que quiero tener amantes a su costa?

Él se acercó más y ella se puso tensa cuando le pasó un dedo por el brazo.

—Después de que hayamos disfrutado, podría presentarte a un hombre que mirará hacia otro lado cuando tengas amantes mientras estés bajo su protección.

Su mente se aclaró.

—Cree que voy a cambiar mi... mi... por un...—Las palabras fallaron cuando la furia nubló su pensamiento. Arqueó una ceja—¿Un paseo por el jardín, dice? ¿Le gusta la oscuridad, señor?

—¿Gustarme?—dijo él con un gruñido—La prefiero.

Los hombres eran tontos.

Esta vez, ella le miró directamente.

—Según mi experiencia, un hombre que prefiere la oscuridad para hacer el amor con una mujer es un hombre que carece de las herramientas adecuadas...--le dedicó una fría sonrisa—para complacer a una dama.

Él parpadeó y se le aflojó la boca.

—Los caballeros que atraes a tu red son muy afortunados.

Ella levantó la barbilla.

—No te contarás entre sus filas.

Parecía que iba a decir algo más, pero giró sobre sus talones y se alejó.

Anne respiró profundamente y se dio cuenta de que un grupo de hombres cercanos la estaba mirando. Que Dios la ayude, para mañana se habrá corrido la voz en Edimburgo de que una de las graduadas de Lady Peddington estaba disponible para ser tomada.

—No puede culparle del todo, ¿sabe?—dijo una voz masculina detrás de ella.

Anne se giró para mirar al interlocutor, un hombre alto apoyado en la pared. Cielos, era guapo. Los ojos azules que la miraban eran aún más azules debido a su cabello oscuro.

—¿Perdón? —dijo ella.

—No se puede negar que Niall es un poco grosero —dijo él—. Pero no se le puede culpar por decir la verdad.

El temperamento que la había metido en demasiados problemas a lo largo de su vida (incluso hace un momento) volvió a asomar su fea cabeza.

—Usted no sabe nada de la situación.

—A diferencia de Niall, respeto a una mujer que sabe lo que quiere y no tiene miedo de perseguirlo —dijo sin rencor.

Ella frunció el ceño.

—¿De qué demonios está hablando?

—Una mujer tiene tanto derecho a perseguir su placer como un hombre —dijo él.

Entonces ella comprendió.

—¿De dónde ha sacado la idea de que busco amantes? —Ella debería haber sabido que no debía quedarse en el baile de medianoche.

—¿Dice que no es cierto? —preguntó él, pero antes de que ella pudiera responder, añadió—. Parece ser un hecho bien conocido.

—Algo puede ser un hecho solo si es verdad —dijo ella con exasperación.

Él se rió.

—Acaba de rechazar las insinuaciones de Niall diciéndole que no lo añadirá a su lista de amantes.

Ella dio un movimiento frustrado de la cabeza.

—Estaba enfadada.

Él se rió.

—No hay necesidad de ser tímida. Lo dije en serio, respeto a una mujer que no tiene miedo de ir tras lo que quiere.

Anne exhaló un suspiro en un esfuerzo por controlar su temperamento.

—Pero usted insiste en que lo que quiero es una serie de amantes. ¿Qué diablos haría yo con ellos?

Él se apartó de la pared.

—Tal vez pueda ser de ayuda para demostrar los beneficios de tener al menos un amante.

Ella puso los ojos en blanco.

—Eso socavaría por completo mis planes.

—¿Cuáles podrían ser esos planes?

—No veo por qué eso es de su incumbencia —dijo ella.

Él se encogió de hombros.

—Si voy a ayudar, debo conocer sus planes.

—¿Ayudar? —Anne entrecerró los ojos —Si pretende ayudar de la misma manera que ese otro caballero, no gracias.

—Yo nunca sería tan descortés —dijo él.

Una punzada de esperanza afloró.

—Niall nunca debería haberle pedido que cambiara sus encantos por la posibilidad de presentarle a un hombre que podría estar interesado en convertirse en su protector.

—¿Qué debería haber hecho?—preguntó ella con cautela.

El hombre se acercó dos pasos y le agarró la mano. El calor de sus dedos la sorprendió. Con los ojos clavados en los suyos, le levantó la mano y le rozó los dedos con los labios, luego la soltó.

—Una dama siempre debe saber qué esperar de un caballero.

Anne estuvo completamente de acuerdo.

—Una mujer tan hermosa como usted no debería esperar menos que una pulsera de diamantes después de una velada íntima.

Ella se puso rígida. Él no pretendía convertirla en su amante. Pretendía tenerla durante una noche y luego enviarla a casa. Con una pulsera de diamantes, susurró en su mente. La situación se había vuelto mucho más desesperada de lo que ella podía imaginar. No solo no había logrado captar el interés de un posible marido, sino que ni siquiera podía interesar a un hombre en convertirla en su amante.

No tenía sentido. Los hombres habían competido por su atención (muchos, por su mano en el matrimonio) desde que había cumplido dieciséis años. Ahora que necesitaba casarse, la evitaban. Bastantes hombres se le habían acercado en el primer baile de Lady

Peddington, o al menos en la primera mitad del baile, ahora que lo pensaba.

—Santo cielo—dijo en voz baja. Jeanine tenía razón. Alguien había difundido rumores sobre ella. Miró al caballero—¿Dónde ha oído esas cosas sobre mí?

—Los hombres hablan, igual que las mujeres, supongo.

—¿Cómo se atreven?—murmuró ella.

—¿Perdón?

—Han arruinado mis posibilidades de encontrar al hombre adecuado.

—Quizá yo sea el hombre adecuado—dijo él.

Ella lo observó, su pelo negro, sus ojos azules, sus hombros anchos y sus piernas largas, y luego negó con la cabeza.

—No, es demasiado guapo.

Él parpadeó.

—No sabía que ser «demasiado guapo» fuera un inconveniente.

—Lo es para mis propósitos.

—Le prometo, querida, que no lo es.

Ella sacudió la cabeza con frustración.

—Un hombre como usted no necesita una amante, y mucho menos una esposa.

La expresión de él permaneció impasible.

—¿Son esas las únicas opciones?

Ella entrecerró los ojos.

—Ahí lo tiene. Estoy en lo cierto. Busca una mujer que le entretenga durante una noche y luego la deje con alguna baratija.

—Le aseguro que nunca doy «baratijas» a las damas.

Una risa nerviosa emanó de algún lugar en las sombras a la derecha de Anne, pero ella mantuvo su atención en el hombre.

—¿Cuán caras son las joyas que usted regalaría?

Él levantó una ceja.

—¿Estamos negociando?

De repente, Anne sintió que la conversación iba mal para una cortesana que buscaba un protector. Aun así, dijo:

—Llámelo curiosidad.

La diversión apareció en los ojos de él.

—El otro día, por casualidad, vi un brazalete de oro especialmente bonito y me entristeció el hecho de no tener a nadie a quien regalárselo. El brazalete me costaría doscientas libras.

Eso significaba que podría venderlo por cien libras, si tenía suerte. Se le hizo un nudo en el estómago. Un hombre y una mujer pasaron junto a ellos.

Anne negó con la cabeza.

—Un regalo tan pequeño no me serviría de nada.

La mirada de él se agudizó.

—¿De qué le serviría?

Ella le hizo un gesto para que no se acercara.

—No tengo tiempo que perder cuando me ofrece una baratija por mis problemas.

—¿Problemas?—repitió él, y luego volvió a reírse, esta vez con plenitud, con riqueza y con diversión.

Para su horror, un calor la recorrió. Él se acercó más. Tan cerca que ella percibió el olor del jabón de sándalo que él había usado para bañarse. Pero, a diferencia de Niall, él no hizo ningún movimiento para tocarla, y su deseo de retroceder no fue por repugnancia, sino por el deseo de ocultar el rubor que calentaba sus mejillas. Dios mío, el hombre era encantador.

—Le prometo, mi señora, que no considerará una noche conmigo como un «problema».

El hechizo se rompió. Anne entrecerró los ojos.

—Ya veo, debo considerarme afortunada por tener una noche con usted, y agradecida por la bonificación de un brazalete de oro.

—No creo que eso sea exactamente lo que he dicho.

—Es exactamente lo que ha dicho—replicó ella—. Es el colmo de la arrogancia que un hombre piense que una mujer debe agradecerle por acostarse con ella.

La expresión de él se enfrió.

—Creo que fue usted quien me pidió que le agradeciera con una pulsera de oro.

Ella respiró con fuerza. Él tenía razón. Sin embargo...

—Sí, pero actúa como si parte de ese pago debiera venir en forma de gratitud por haber sido lo suficientemente afortunada como para ser elegida para su única noche de...--se quedó sin palabras.

—¿*Aventura romántica*? —dijo él.

Ella resopló.

—Una noche no puede llamarse aventura y no tiene nada que ver con el amor.

—¿Es eso lo que quiere, mi señora, amor?

—Una mujer siempre quiere amor. Aunque el amor no ponga la comida en la mesa —Ella leyó la sorpresa en sus ojos y se dio cuenta de que había perdido el control de la situación—. Llévese a otra mujer que esté dispuesta a venderse por un brazalete de oro —dijo ella—. Tengo asuntos que atender.

* * *

Kennedy Douglas, vizconde Buchanan, entro en su estudio y la fantasía erótica de la deslumbrante belleza en el baile de Lady Peddington acostada en sus sabanas bajo él se desvaneció al ver a su madrastra sentada en el diván cerca de la ventana. Estaba sentada con la espalda recta (la esposa ideal), con el cabello castaño y miel suelto sobre los hombros, formando un montículo cuidadosamente peinado sobre la cabeza. Su vestido de noche color marfil, propio de una mujer de treinta años, abrazaba sus curvas perfectas. Lástima que su marido tuviera un pie en la tumba.

—¿Qué demonios te ha traído aquí a estas horas de la noche, Jacqueline?

—Me doy cuenta de que es más de la una de la mañana —dijo ella— pero he estado esperando desde las nueve.

Se había excedido un poco con el champán que corría a raudales en el baile, pero la presencia de la mujer de su padre en su estudio a la una y cuarenta y cinco de la madrugada le obligaba a tomar algo más fuerte que el champán. Se dirigió al aparador, donde había media docena de decantadores llenos de diversos licores, y se sirvió una buena dosis de escocés. Volvió a tapar la jarra, cogió el vaso y se giró.

Se apoyó en el aparador.

—A falta de echarte a la fuerza, supongo que no puedo impedir que me digas lo que quiere el conde. A menos que, simplemente, me retire a mis aposentos —Kennedy dio un sorbo a su whisky y la observó por encima del borde del vaso—. ¿Serías lo suficientemente audaz como para seguirme, si lo hiciera?

—Estoy aquí por un encargo de tu padre, nada más —respondió ella.

—Por supuesto. No te arriesgarás a que cuestione tu fidelidad con su muerte tan cerca.

—Realmente, Kennedy. ¿Tienes que ser siempre tan cruel?

Él le dedicó una fría sonrisa.

—Contigo, mi querida, me temo que sí. Sé que me arrepentiré de preguntar, pero ¿qué es tan importante que has esperado casi cinco horas para decírmelo? Sé que no es que mi padre esté muerto, porque habrías arriesgado las puertas del infierno para encontrarme, si ese fuera el caso—Bebió otro trago de whisky. El agradable ardor le reconfortó—. Por no mencionar que no estás sonriendo.

—Realmente es poco amable de tu parte seguir insinuando que me alegraré cuando tu padre muera.

—Como he dicho, contigo no hay otro camino. ¿Qué quieres?

Ella buscó en su retícula, sacó un papel y lo miró.

—Esto es de tu padre.

Él soltó una carcajada sin gracia.

—Podrías haberlo dejado en mi escritorio. Mejor aún, podrías haberlo enviado por mensajero. ¿Por qué estás aquí?

—Como te niegas a ver a tu padre, él me envió con este mensaje, y me ordenó que esperara una respuesta.

Kennedy terminó el whisky y se giró para rellenar el vaso.

—Como no tengo ningún deseo de ver a mi padre, ¿qué podría inducirme a leer su carta?

Ella suspiró, luego siguió el crujido del papel y leyó:

—Kennedy, imagino que no te dignarás a tocar un papel que yo he tocado. No importa. Si obligas a Jaqueline a leer esto, será peor para ti. Me estoy muriendo. Pero eso ya lo sabes.

Kennedy sirvió una doble dosis de licor.

—Te he ordenado que te cases—continuó Jacqueline—, pero sigues con tus asuntos como si no tuvieras ninguna responsabilidad hacia mí, el título, o nuestra posición en la sociedad. Creo que no te has casado (que no lo harás) solo para fastidiarme. Pero no puedo permitir que tu venganza acabe con nuestro linaje. Sé que las amenazas de cortarte mi dinero no tienen sentido. Preferirías vivir en la miseria antes que hacer una sola cosa que te pida. Por lo tanto, no me dejas otra opción.

Kennedy se demoró en deslizar la tapa del decantador hacia atrás.

—Te casarás esta semana—Kennedy soltó la tapa del decantador al terminar la frase—o casaré a tu hermana con Lord Granbury en diez días, en su decimosexto cumpleaños.

Kennedy se dio la vuelta.

—¿Qué demonios?

Jacqueline dijo:

—Hay más: Podrías pensar en irte con tu hermana y esconderla en algún lugar, por lo que ya la he enviado lejos. Nadie más que yo sabe dónde está. Si muero mañana, nadie sabrá dónde buscarla.

Kennedy se quedó mirándola.

—Esto es una locura.

Jacqueline no apartó sus ojos de la carta y continuó:

—No me conformaré con un compromiso. Debes casarte y producir un heredero dentro de un año. Hazlo y te permitiré elegir al marido de tu hermana cuando llegue el momento. Desafíame, y no solo la casaré a ella y a Granbury, sino que no volverán a casa hasta que ella haya producido un heredero para él.

Kennedy estrelló su vaso contra la chimenea y dio dos pasos hacia Jacqueline.

—Esto apesta a tu obra.

Ella negó con la cabeza.

—Subestimas a tu padre, y sobrestimas mi influencia.

—Los conozco a los dos demasiado bien como para equivocarme con ninguno de los dos —gruñó él.

—¿Qué razón podría tener para querer verte casado? —Ella dejó caer su mirada—. Siempre había esperado...--Ella levantó la cabeza, con los ojos brillando de humedad.

—Por Dios —explotó él—, has perdido tu vocación. Deberías haber sido actriz. Por favor, no finjas que tienes sentimientos tiernos por mí. Esas ilusiones se rompieron el día que te levantaste de mi cama y anunciaste tu compromiso con mi padre —Resopló con sorna—. Supongo que debería agradecerle que se casara contigo. Aunque si hubiera tenido alguna idea de que me estaba salvando de cometer el mayor error de mi vida, estoy seguro de que no lo habría hecho.

Una lágrima resbaló por la mejilla de Jaqueline.

La rabia se apoderó de él. Cruzó la habitación, le agarró la muñeca y la puso en pie de un tirón.

—¿Dónde está Rose?

Ella se encogió y negó con la cabeza.

—No lo sé. Como dice la carta, solo él lo sabe. No se arriesgaría a que te lo dijera —Más lágrimas resbalaron por sus mejillas—. Él sabe que tú y yo somos cercanos.

Kennedy la soltó y retrocedió dos pasos.

—Por supuesto que lo sabe. Por eso se casó contigo.

Ella negó con la cabeza.

—No, él no sabe que fuimos…--Se interrumpió.

—¿Amantes? —se burló él.

—Éramos mucho más que eso —Ella dio un paso hacia él.

Él se apartó, sus pasos vacilaron, y llegó a su escritorio a tiempo para sujetarse, de espaldas a ella.

—Vete, Jacqueline.

—Por favor, Kennedy, no podemos dejar las cosas así entre nosotros.

—No hay un nosotros —dijo él.

Sus faldas crujieron y él se dio cuenta de que ella estaba caminando hacia él. Se giró para encontrarla a tres pasos de distancia. Tenía que alejarse de ella. Kennedy se dirigió a la puerta. Con la mano en el picaporte, volvió a mirarla.

—Te sugiero que esperes para volver a casa con tu marido al menos una hora.

Media hora después, Kennedy golpeó la puerta de la mansión de su padre. La puerta se abrió en dos segundos. En algún lugar de los recovecos de su mente, se dio cuenta de que el lacayo le había estado esperando. Empujó al hombre y subió corriendo las escaleras hasta el dormitorio de su padre. La puerta estaba abierta. Sí, su padre le esperaba. Entró y encontró a su padre en la cama. Una fisión de alarma le atravesó al ver la palidez amarilla de su padre. Tenía mucho peor aspecto que cuando Kennedy lo había visto por última vez hacía un año. Un destino cruel. Hace solo una hora, se habría alegrado de ver el declive de su padre. Ahora, hasta que Rose estuviera a salvo en casa, la enfermedad de su padre le asustaba más que nada en su vida.

El conde dejó a un lado el libro que había estado leyendo y se encontró con la mirada de Kennedy.

—¿Dónde está ella? —preguntó Kennedy.

—Una vez que te hayas casado con una dama apropiada, no con cualquier campesina del campo, y una vez que produzcas un heredero, la traeré a casa— respondió con una voz fuerte que contradecía su apariencia.

Las manos de Kennedy se cerraron en un puño.

—Te mataré por esto.

—Entonces nunca encontrarás a tu hermana.

—No es una niña. Puede encontrar el camino a casa—Pero era una niña. Solo tiene quince años.

La mirada de su padre permaneció fija en la suya.

—¿De verdad crees que te lo pondría tan fácil?

La rabia amenazaba con abrumarlo. Sus pensamientos se mezclaron. Su hermana, con solo quince años, estaba prisionera en algún lugar. ¿Sus carceleros la protegerían?

Kennedy se tambaleó.

—¿Cómo sé que está a salvo?

—Siempre estará a salvo bajo mi cuidado— respondió su padre.

—Tu amenaza de casarla con Granbury demuestra lo contrario—gruñó—. Sabes muy bien que mató a su primera esposa a golpes.

—Eres lo suficientemente inteligente como para saber que los chismes rara vez se parecen a los hechos reales—replicó el conde.

—Soy lo suficientemente inteligente como para saber que la mayoría de los chismes tienen algo de verdad. Si un solo pelo de su cabeza resulta dañado, te mataré.

—Estás amenazando a un moribundo, Kennedy. He hecho las paces con mi muerte inminente.

—Podrías vivir otro año, hasta tres o cuatro. Puedo acabar contigo antes de eso. Puedo acabar contigo esta noche.

—Entonces no volverías a ver a tu hermana.

—¿Qué pasa si mueres antes de que pueda producir un heredero?—Su corazón retumbó.

—Te sugiero que reces por que eso no ocurra.

Kennedy se quedó mirando. Su padre era un bastardo, pero esto iba más allá de cualquier cosa que Kennedy pudiera haber imaginado que el viejo fuera capaz de hacer.

—No puedes mantenerla prisionera para siempre. Ella escapará. Volverá a casa. Tu amenaza no es razonable—Esto último lo dijo más para sí mismo que para su padre.

—Tu hermana no está en Escocia. Escapar es casi imposible. Incluso si lograra escapar por algún milagro, tendría que viajar a casa. No tiene amigos, ni dinero, ni escolta

Las últimas palabras fueron dichas con un énfasis que le dijo a Kennedy que su padre sabía la imagen exacta que había surgido en la mente de Kennedy al pensar en su joven hermana tratando de regresar a casa por su cuenta. Y ella intentaría precisamente eso.

—¿Sacrificarías a tu hija?—susurró—¿Arriesgarla a perderlo todo, posiblemente incluso su vida, solo para obligarme a casarme?

—Ves mis acciones como las de un hombre empeñado en hacerte daño. Yo veo mis acciones como las de un hombre desesperado que intenta preservar su legado.

—¿Legado?—Kennedy se burló—Debería haberlo sabido. Esto no tiene nada que ver conmigo. Te importa un bledo si me caso o incluso si continúo con el título. Esto tiene que ver con que quieres ser recordado—Kennedy soltó un duro suspiro—. Si quisieras vengarte porque yo tuve a Jacqueline antes que tú, te tendría más respeto. Pero esto...--Sacudió la cabeza—. Tienes razón. Estas son las acciones de un hombre desesperado. Eres un mentiroso, padre. Temes a la muerte—Los ojos de su padre se entrecerraron, pero Kennedy no le dio oportunidad de responder—. Me casaré dentro de una semana. Pero con una condición.

Su padre esperó.

—Una vez que confirmes que mi esposa está embarazada, traerás a Rose a casa.

Su padre negó con la cabeza.

—Tu mujer podría perder al niño, y el niño podría no ser un varón. Te conozco lo suficiente como para saber que no volverías a tocarla solo para fastidiarme.

Kennedy se quedó mirando.

—Yo aceptaría los términos, si fuera tú. Ten en cuenta que tengo considerables recursos a mi disposición. Sabes, por supuesto, que en el momento en que deje esta casa, comenzaré mi propia búsqueda de Rose. Si la fortuna me favorece (y a menudo lo hace) y encuentro a mi hermana antes de que mueras, me divorciaré de mi esposa e inmediatamente me pondré a engendrar una serie de bastardos, ninguno de los cuales podrá reclamar tu título —Kennedy le dedicó una fría sonrisa—. Entonces seduciré a tu esposa y engendraré un hijo en ella que no podrá heredar tu título.

Los ojos de su padre se abrieron de par en par.

—No eres capaz de acciones tan ruines.

Kennedy le dio una sonrisa fría.

—Soy capaz de cosas mucho peores. Después de todo, soy tu hijo.

www.scarsdalepublishing.com

www.ingramcontent.com/pod-product-compliance
Lightning Source LLC
Chambersburg PA
CBHW061438210726
48287CB00007B/2264